林徽因 一首桃花

林徽因 著

品悦经典童书馆 选编

新疆青少年出版社

图书在版编目（CIP）数据

一首桃花/林徽因著；品悦经典童书馆选编. ——乌鲁木齐：新疆青少年出版社，2021.6
（现代名家美文经典文库）
ISBN 978-7-5590-7435-5

Ⅰ.①一… Ⅱ.①林…②品… Ⅲ.①中国文学—现代文学—作品综合集 Ⅳ.①I216.2

中国版本图书馆CIP数据核字（2021）第052400号

一首桃花
YI SHOU TAOHUA

林徽因 著　品悦经典童书馆 选编

出　　版	新疆青少年出版社
社　　址	乌鲁木齐市北京北路29号
电　　话	0991—7833940（编辑部）
发　　行	新疆青少年出版社营销中心
经　　销	各地新华书店
印　　刷	三河市金泰源印务有限公司
法律顾问	王冠华 18699089007
开　　本	787mm×1092mm　1/16
印　　张	13
版　　次	2021年6月第1版
印　　次	2021年6月第1版第1次印刷
书　　号	ISBN 978-7-5590-7435-5
定　　价	35.00元

新疆青少年出版社官网　http://www.qingshao.net
新疆青少年出版社天猫旗舰店　http://xjqss.tmall.com

CHISO 新疆青少年出版社
（版权所有，侵权必究）

写在前面

翻开这套书时，先来了解一下它们的缔造者吧。不管你之前是不是认识他们，不管你之前有没有听说过他们，现在，马上，或许在一分钟之后，你就能触及他们的心灵……

在你心中，有没有这样一个梦想：成为一名大作家，用文字来充实自己的人生，影响一代又一代的人。那么，你有没有想过，要想成为一个大作家，到底需要什么样的"功力"呢？答案很简单，那就是向文学大师们学习，从他们留下的经典篇章中汲取营养。

每一篇经典文章，都是大师智慧的结晶。有一些你耳熟能详，倒背如流；有一些你闻所未闻，见所未见。不过，每一个灵动的文字，每一句睿智的话语，都是大师留下的一串串脚印，指引你在浩瀚无垠的书海中一步一步向前走，收获最独到的智慧，最奇特的灵感，最真挚的感动……

请记住，他们是——

沉郁雄浑的鲁迅；

睿智幽默的老舍；

温润如玉的胡适；

细腻敏锐的萧红；

淳朴淡泊的朱自清；

朴实睿智的许地山；

浪漫忧郁的徐志摩；

矜持缄默的林徽因；

唯美忧伤的王尔德；

纯美绚烂的泰戈尔；

……

一个人在一生中，阅读这些经典的文章，不仅可以获得美的享受，还可以汲取其中的思想精华，习得作者的写作技巧。

所以，我们精心撷取了中外现当代百年时光中的一些大师的经典文章，让你们领略阅读之趣、经典之美。这些文章，不光有启迪的色彩，更有智慧的空间，帮助我们积蓄奋斗的力量，汲取改变命运的勇气，找到人生的真谛……

编　者

作者简介

林徽因（1904—1955），原名林徽音。祖籍福建闽侯县（福建福州），出生于浙江杭州。

1920年，她随父亲游历欧洲，立下了攻读建筑学的志向。1924年，和梁思成赴美国攻读建筑学。1928年，两人结婚并回国工作。她在建筑学方面作出了很大的成就，是中国第一位女性建筑学家。

林徽因在从事建筑科学研究之余，开始了文学创作。1931年4月，以"徽音"为笔名，发表了她的第一首诗《谁爱这不息的变幻》。之后，陆续发表几十篇作品，大部分是诗歌，也有散文、小说、戏剧和文学评论。她的诗多数是以个人情绪的起伏和波澜为主题，探索生活和爱的哲理，诗句委婉柔丽。前期的诗歌以恬静、飘逸、清丽、婉约为格调，抗日战争爆发后，她的诗歌风格有了变化，表现出迷惘、惆怅、苍凉和沉郁，时时流露出关心祖国前途、命运的情感。

目录

除夕看花	3
去春	5
前后	7
古城春景	9
十月独行	13
忧郁	15
十一月的小村	17
小诗（一）	19
小诗（二）	21
年关	22
别丢掉	25
风筝	27
灵感	29
忆	33
中夜钟声	35
莲灯	37
笑	39
深夜里听到乐声	41
情愿	43
仍然	45
山中一个夏夜	47
激昂	49
你是人间的四月天	53
深笑	55
记忆	57
题剔空菩提叶	59
黄昏过泰山	61
静坐	63
时间	64
哭三弟恒	65
展缓	69
八月的忧愁	71
雨后天	73
无题	74
秋天，这秋天	76
孤岛	80
古城黄昏	84
你来了（空想外四章之一）	86
藤花前（空想外四章之三）	87
那一晚	89
"谁爱这不息的变幻"	91
红叶里的信念	93
人生	99
一首桃花	101
悼志摩	105
窗子以外	118
纪念志摩去世四周年	131
蛛丝和梅花	140
《文艺丛刊·小说》选题记	145
究竟怎么一回事	150
彼此	157
一片阳光	163
九十九度中	173

诗歌

现代名家美文
经典文库

现代名家美文

经典 文库

除夕的花已不是花，仅一句言语梗在这里，
抖战着千万人的忧患，每个心头上牵挂。

除夕看花

　　买些鲜花本是为了渲染过年的气氛,然而国难当头,逃难在异乡,过年已失去了以前的快乐。这花、这叶,反而使人更迷茫,是快乐还是痛苦?眼前的花已不是为了过年,应该关心的是国难中千万人的忧患。

　　新从嘈杂着异乡口调的花市上买来,
　　碧桃雪白的长枝,同红血般的山茶花。
　　着自己小角隅再用精致鲜艳来结采,
　　不为着锐的伤感,仅是钝的还有剩余下!

　　明知道房里的静定,像弄错了季节,
　　气氛中故乡失得更远些,时间倒着悬挂;
　　过年也不像过年,看出灯笼在燃烧着点点血,

一首桃花

帘垂花下已记不起旧时热情、旧日的话。

如果心头再旋转着熟识旧时的芳菲,
模糊如条小径越过无数道篱笆,
纷纭的花叶枝条,草看弄得人昏迷,
今日的脚步,再不甘重踏上前时的泥沙。

月色已冻住,指着各处山头,河水更零乱,
关心的是马蹄平原上辛苦,无响在刻画,
除夕的花已不是花,仅一句言语梗在这里,
抖战着千万人的忧患,每个心头上牵挂。

去 春

　　登上小山,眼前一如去年春天的景色,花儿飘香,松风吹拂。然而,眼下的春色却不能带来快乐的心情,美景似乎已定格在以往的岁月里,失去了阳光。

不过是去年的春天,花香,
红白的相间着一条小曲径,
在今天这苍白的下午,再一次登山
回头看,小山前一片松风
就吹成长长的距离,在自己身旁。

人去时,孔雀绿的园门,白丁香花,
相伴着动人的细致,在此时,

一首桃花

又一次湖水将解的季候,已全变了画。
时间里悬挂,迎面阳光不来,
就是来了也是斜抹一行沉寂记忆,树下。

前　后

　　时间过得飞快，路途连续绵长，匆匆来往的人群，谁也不知道自己"想往的终点"在哪儿。前面看不到终点，后面只留下多余的匆忙。

　　河上不沉默的船

　　载着人过去了；

　　桥——三环洞的桥基，

　　上面再添了足迹；

　　早晨，

　　早又到了黄昏，

　　这赓（gēng）续

　　绵长的路……

一首桃花

不能问谁

想望的终点——

没有终点

这前面。

背后，

历史是片累赘（zhuì）！

古城春景

　　此诗或许是作者夫妇1937年到西安等地作建筑考察时所作。诗中表达了作者对工业文明给老城带来破坏的愤慨心情。冒着浓烟的烟囱矗立在城楼对面，春天的风沙聚集在水泥路两边，古文明的记号已经失落……

　　我们应该去寻回一个个时代的印记，它们跟新时代并不冲突。

　　　　时代把握不住时代自己的烦恼——
　　　　轻率的不满，就不叫它这时代牢骚——
　　　　偏又流成愤怨，聚一堆黑色的浓烟
　　　　喷出烟囱，那矗立的新观念，在古城楼对面！

　　　　怪得这嫩灰色一片，带疑问的春天

一首桃花

要泥黄色风沙，顺着白洋灰街沿，

再低着头去寻觅那已失落了的浪漫

到蓝布棉帘子，万字栏杆，仍上老店铺门槛？

寻去，不必有新奇的新发现，旧有保障

即使古老些，需要翡翠色甘蔗做拐杖

来支撑城墙下小果摊，那红鲜的冰糖葫芦

仍然光耀，串串如同旧珊瑚，还不怕新时代的尘土。

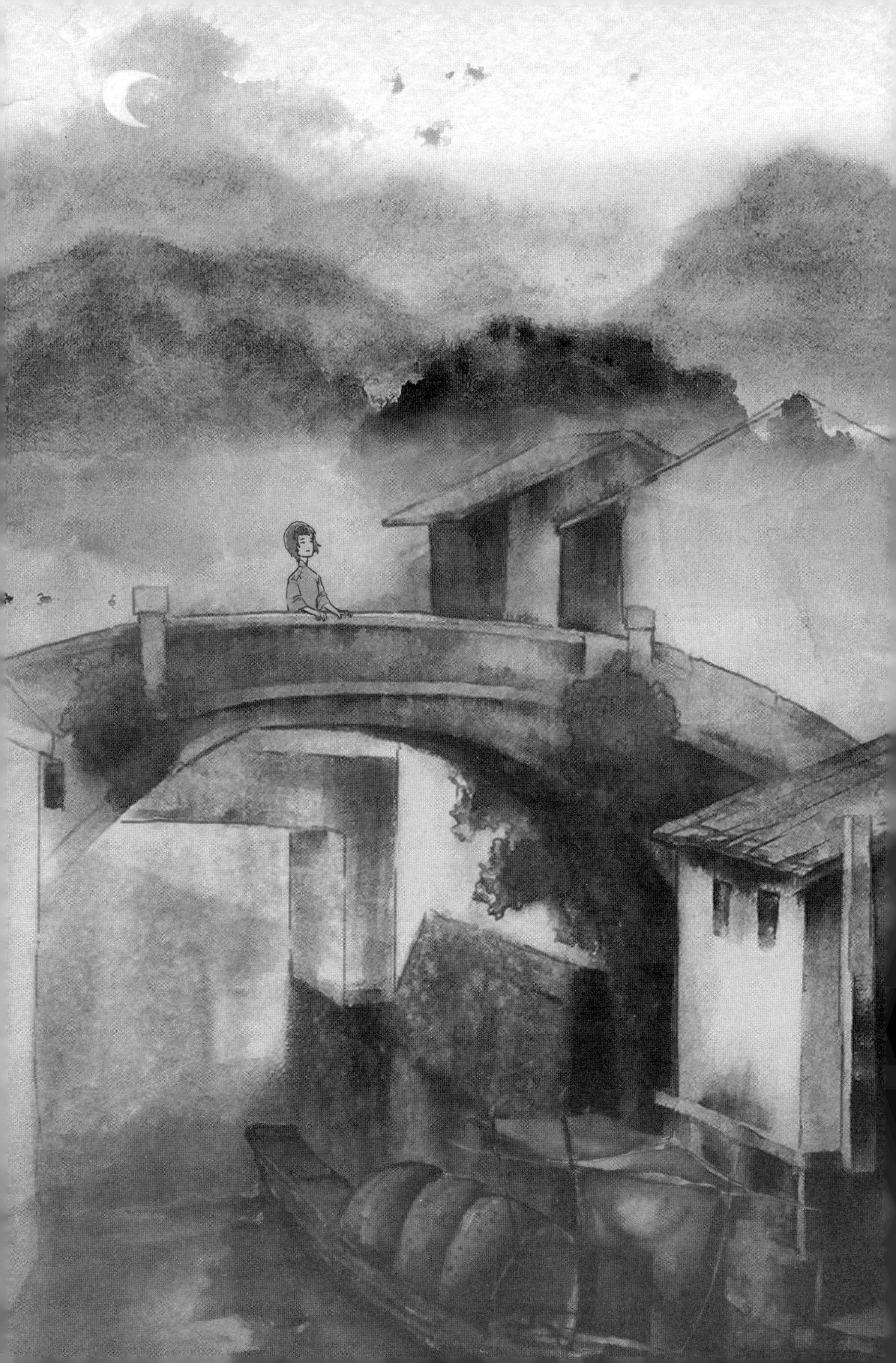

像个灵魂失落在街边,
我望着十月天上十月的脸,
我向雾里黑影上涂热情
悄悄地看一团流动的月圆。

林徽因

十月独行

　　十月清秋时节，独自徘徊在街头，抬头望向夜空，薄薄的云雾中穿引着一轮孤月的黑影。即使在匆匆来去的人流中，走在桥上也如同坐上一艘孤独的船。独自焦虑，像琴弦紧绷的心中，始终弹奏不出唱和的曲子。这首诗似乎在表达一种排遣孤独、渴望理解的心情。

像个灵魂失落在街边，
我望着十月天上十月的脸，
我向雾里黑影上涂热情
悄悄地看一团流动的月圆。

我也看人流着流着过去来回
黑影中冲着波浪翻星点

一首桃花

我数桥上栏杆龙样头尾
像坐一条寂寞船,自己拉纤。

我像哭,像自语,我更自己抱歉!
自己焦心,同情,一把心紧似琴弦——
我说哑的,哑的琴我知道,一出曲子
未唱,幻望的手指终未来在上面?

忧　郁

　　这首诗饱含生活哲理，通过新颖别致的比喻，启示人们要经得起失败，即使失败也不能赔上自己的情绪和信仰。人要实现理想，就要去奋斗，而奋斗，有成功也会有失败。成功自不必说，如果失败了，是忧郁成疾、一蹶不振，还是坦然面对、重新再来。

忧郁自然不是你的朋友；

但也不是你的敌人，你对他不能冤屈！

他是你强硬的债主，你呢？是

把自己灵魂压给他的赌徒。

你曾那样拿理想赌博，不幸

你输了；放下精神最后保留的田产，

一首桃花

最有价值的衣裳,然后一切你都

赔上,连自己的情绪和信仰,那不是自然?

你的债权人他是,那么,别尽问他脸貌

到底怎样!呀天,你如果一定要看清

今晚这里有盏小灯,灯下你无妨同他

面对面,你是这样的绝望,他是这样无情!

十一月的小村

　　1940年，作者一家迁到四川南溪县李庄镇上坝村，住在低矮破旧的农舍里。不久，林徽因肺病复发，抱病卧床四年。这首诗是1944年所写。或许因为一直居住在闭塞的小山村里，得不到外界的任何消息，战事如何，亲人、朋友可好？身处山村，时逢深秋，乡愁来袭，惆怅的心绪便从"轻轻的独语"中流泻而出。自问自答的只是眼前的现实，但真正让作者惆怅的是"它们永说不清谁是这一切主宰"。最终，只能托付十一月的微风，带来好的消息。

我想象我在轻轻地独语：
十一月的小村外是怎样个去处？
是这渺茫江边淡泊的天；
是这映红了的叶子疏疏隔着雾；

一首桃花

是乡愁，是这许多说不出的寂寞；

还是这条独自转折来去的山路？

是村子迷惘了，绕出一丝丝青烟；

是那白沙一片篁竹围着的茅屋？

是枯柴爆裂着灶火的声响，

是童子缩颈落叶林中的歌唱？

是老农随着耕牛，远远过去，

还是那坡边零落在吃草的牛羊？

是什么做成这十一月的心，

十一月的灵魂又是谁的病？

山坳子叫我立住的仅是一面黄土墙；

下午透过云霾那点子太阳！

一棵野藤绊住一角老墙头，斜睨

两根青石架起的大门，倒在路旁

无论我坐着，我又走开，

我都一样心跳；我的心前

虽然烦乱，总像绕着许多云彩，

但寂寂一湾水田，这几处荒坟，

它们永说不清谁是这一切主宰

我折一根柱枝，看下午最长的日影

要等待十一月的回答微风中吹来。

小 诗（一）

　　这首诗为作于1947年的病中杂诗之一，诗中流露出人对命运嘲弄的无奈。疾病缠身，容易让人想到生命的终点，即使再有本事，很想为人们做铺排云彩之事，但当受到生命的讽刺之时，只是白搭。在正与死之间，一切顺其自然吧。

感谢生命的讽刺嘲弄着我，
会唱的喉咙哑成了无言的歌。
一片轻纱似的情绪，本是空灵，
现时上面全打着拙笨补钉。

肩头上先是挑起两担云彩，
带着光辉要在从容天空里安排；
如今黑压压沉下现实的真相，

一首桃花

　　灵魂同饥饿的脊梁将一起压断！

　　我不敢问生命现在人该当如何
　　喘气！经验已如旧鞋底的穿破，
　　这纷歧道路上，石子和泥土模糊，
　　还是赤脚方便，去认取新的辛苦。

小 诗(二)

　　这也是作者作于1947年的病中杂诗之一。小蚌壳里藏着彩虹,那只是作为一种秘密而存在;而广袤的夜空,虽然一片茫然,但闪亮的星星,却可以给人指引方向。这首诗深含哲理,启示人们应该做有价值的人。

小蚌壳里有所有的颜色;
整一条虹藏在里面。
绚彩的存在是他的秘密,
外面没有夕阳,也不见雨点。

黑夜天空上只一片渺茫;
整宇宙星斗那里闪亮,
远距离光明如无边海面,
是每小粒晶莹,给了你方向。

一首桃花

年　关

　　年关了，街道上川流不息的人流，奔波杂逻（tà）的车马，色彩斑斓的灯光……显得十分繁华。然而，这表面繁华的背后，又是怎样的景象呢？

　　到了年底结账。很多人只能"又是一年辛苦"。他们整日流血流汗地工作，连年的辛苦，造就了这繁华的城市，换来的却是年关里的叹息。繁华而热闹的年关的现实是：几家欢乐几家愁。

哪里来，又向哪里去，
这不断，不断的行人，
奔波杂逻的，这车马？
红的灯光，绿的紫的，
织成了这可怕，还是

可爱的夜？高的楼影
渺茫天上，都象征些
什么现象？这嘈聒中
为什么又凝着这沉静；
这热闹里，会是凄凉？

这是年关，年关，有人
由街头走着，估计着，
孤零的影子斜映着，
一年，又是一年辛苦，
一盘子算珠的艰和难。
日中你敛住气，夜里，
你喘，一条街，一条街，
跟着太阳灯光往返——
人和人，好比水在流，
人是水，两旁楼是山！
一年，一年，
连年里，这穿过城市
胸腑的辛苦，成千万，
成千万人流的血汗，
才会造成了像今夜

一首桃花

这神奇可怕的灿烂!
看,街心里横一道影
灯盏上开着血印的花
夜在凉雾和尘沙中
进展,展进,许多口里
在喘着年关,年关……

别 丢 掉

　　这首诗写于1932年，是为怀念徐志摩而作。诗中"幽冷的山泉底""黑夜""渺茫""山谷"等凄清幽冷的意象，表达出了作者对死者的怀念和"叹息"之情，并不会丢掉"这一把过往的热情"。同时希望"你们仍得相信山谷中留着有那回音"，足见作者对徐志摩之死的伤痛之深。

别丢掉
这一把过往的热情，
现在流水似的，
轻轻
在幽冷的山泉底，
在黑夜，在松林，
叹息似的渺茫，

一首桃花

你仍要保存着那真!

一样是月明,

一样是隔山灯火,

满天的星,

只使人不见,

梦似的挂起,

你问黑夜要回

那一句话——你仍得相信

山谷中留着

有那回音!

风　筝

　　风筝飞在天上很美,它可以尽情地飞舞,但它只能永远被线牵住,既辨别不了方向,也没有力量腾飞,它的美丽只是一种点缀。这首诗表达了这样一种生活哲理:人类的美丽需要独立的人格和脚踏实地的实干精神来支撑。

看,那一点美丽
会闪到天空!
几片颜色,
挟住双翅,
心,缀一串红。

飘摇,它高高地去,
逍遥在太阳边

一首桃花

太空里闪

一小片脸,

但是不,你别错看了

错看了它的力量,

天地间认得方向!

它只是

轻的一片,

一点子美

像是希望,又像是梦;

一长根丝牵住

天穹,渺茫——

高高推着它舞去,

白云般飞动,

它也猜透了不是自己,

它知道,知道是风!

灵 感

　　这首诗显得轻快而明丽。作者的思绪随着自然景色的变化而变化。大自然的美景给人带来了灵感,而灵感的获得又让人歌唱着大自然。

　　山窝里的河流、鲜花、静夜的圆月,就像神仙居住的地方;林中的斜阳、深山古寺,无不给人的心灵带来宁静和安详,使人拥有花一样纯洁的理想,灵魂得到自由的舒展。

是你,是花,是梦,打这儿过,
此刻像风在摇动着我;
告诉日子重叠盘盘的山窝;
清泉潺潺流动转狂放的河;
孤僻林里闲开着鲜妍花,
细香常伴着圆月静天里挂;

一首桃花

且有神仙纷纭的浮出紫烟,
衫裾飘忽映影在山溪前;
给人的理想和理想上
铺香花,叫人心和心合着唱;
直到灵魂舒展成条银河,
长长流在天上一千首歌!

是你,是花,是梦,打这儿过,
此刻像风在摇动着我;
告诉日子是这样的不清醒;
当中偏响着想不到的一串铃,
树枝里轻声摇曳;金镶上翠,
低了头的斜阳,又一抹光辉。
难怪阶前人忘掉黄昏,脚下草,
高阁古松,望着天上点骄傲;
留下檀香,木鱼,合掌
在神龛前,在蒲团上,
楼外又楼外,幻想彩霞却缀成
凤凰栏杆,挂起了塔顶上灯!

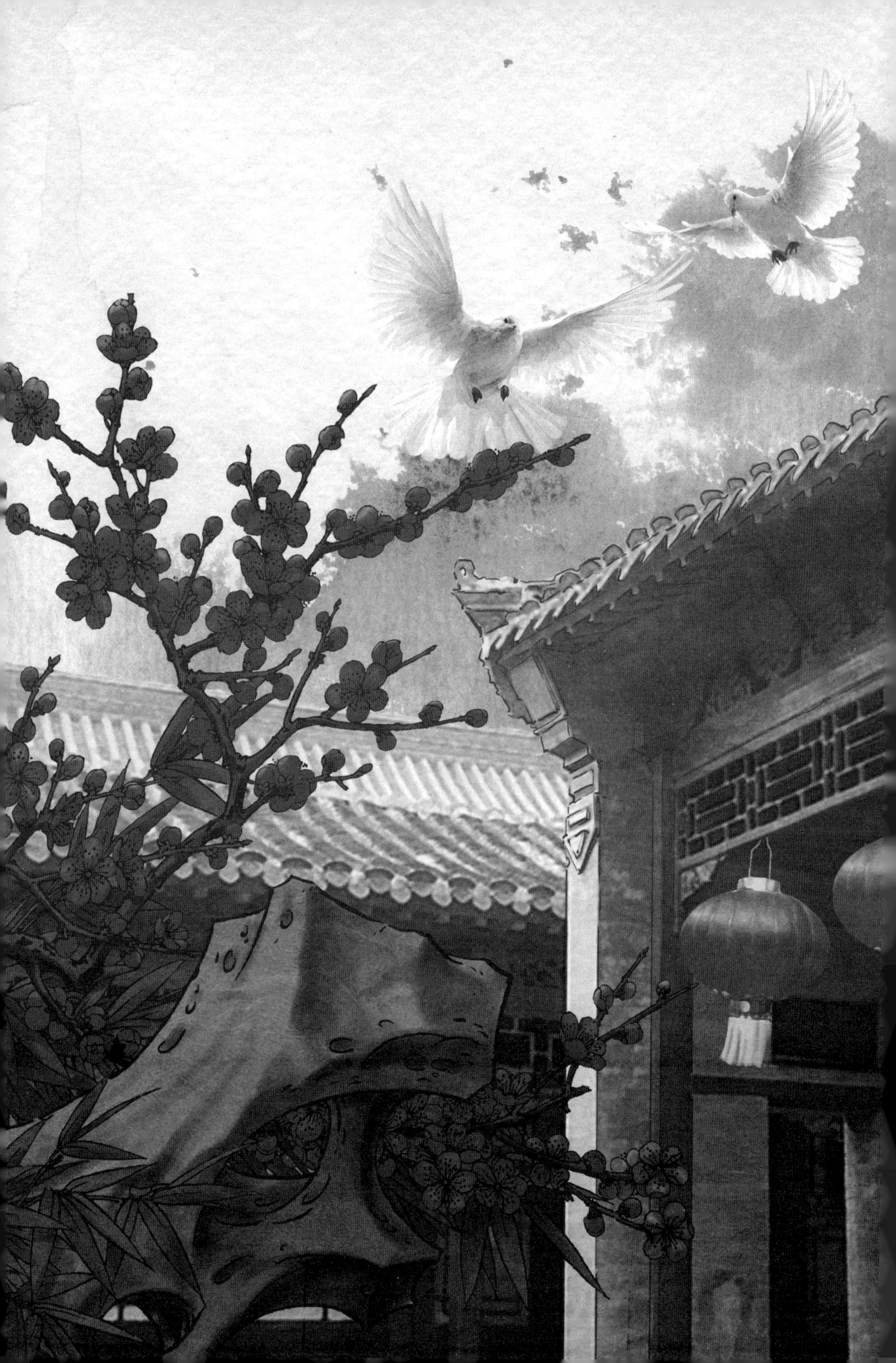

新年等在窗外,一缕香,
枝上刚放出一半朵红。
心在转,你曾说过的
几句话,白鸽似的盘旋。

林徽因

忆

甜蜜的爱情给人带来甜蜜的回忆。看到窗外一朵将开未开的花朵,想起了"你"对"我"说的话,心里分外激动。蓝天、暖阳,一对互相爱慕已久的情人,勇敢地向对方表白了自己的心迹,这是一股爱的力量,让人丢掉了羞涩,就像风筝凭着一根线的力量,飞向蓝天。

新年等在窗外,一缕香,
枝上刚放出一半朵红。
心在转,你曾说过的
几句话,白鸽似的盘旋。

我不曾忘,也不能忘
那天的天澄清的透蓝,

一首桃花

太阳带点暖,斜照在
每棵树梢头,像凤凰。

是你在笑,仰脸望,
多少勇敢话那天,你我
全说了——像张风筝
向蓝穹,凭一线力量。

中夜钟声

　　读着这首诗，让人感到，此时的作者心情颇不平静。半夜里，只听到钟声停了又敲响，给人报告时间。而对在床上辗转反侧、夜不能寐的人来说，这断断续续的钟声，像送葬的哀哭声，似乎要把这夜送进永不会天亮的空洞里，更可恶的是，它把多余的忧愁和惶恐带给了睡不着的人，让人更难以入眠。

　　钟声
　　　敛住又敲散
　　　　一街的荒凉
　　听——
　　　那圆的一颗颗声响，
　　　直沉下时间

一首桃花

　　　　　静寂的
　　　　　　咽喉。

　　像哭泣，
　　像哀恸，
将这僵黑的
中夜
　葬入
　那永不见曙星的
　　　空洞——
轻——重……
——重——轻……
这摇曳的一声声，
　又凭谁的主意
　把那余剩的忧惶
随着风冷——
　　　纷纷
　　　　掷给还不成梦的
　　　　　　　　人。

莲 灯

　　这首诗是作者对自己人生态度的表白。以莲花作喻，表明自己的心灵追求，但除了像莲花般正直、高洁外，还将点亮心灵的莲灯，奉献自己的光和热。

　　尽管作为个人是渺小的，生命也只是宇宙过客，但沉浮于人海，每个人都应点亮心灵之灯，把握住自己的命运，活得更有价值，即使人生是个梦，它也是美丽的。

如果我的心是一朵莲花，
正中擎出一支点亮的蜡，
荧荧虽则单是那一剪光，
我也要它骄傲地捧出辉煌。
不怕它只是我个人的莲灯，
照不见前后崎岖的人生——

一首桃花

浮沉它依附着人海的浪涛
明暗自成了它内心的秘奥。
单是那光一闪花一朵——
像一叶轻舸驶出了江河——
宛转它飘随命运的波涌
等候那阵阵风向远处推送。
算做一次过客在宇宙里，
认识这玲珑的生从容的死，
这飘忽的途程也就是个——
也就是个美丽美丽的梦。

笑

笑得多美丽，生活就有多美丽，心情就有多快乐。作者在这首诗中用一个笑容表达了一种生活的哲理。整首诗，诗句活泼而柔丽，比喻形象而贴切，如笑像露珠，笑像漂亮的头发，这笑声的神韵更像水中的倒影，轻拂的柔风，等等，充满了生活的乐趣和人间的真情。

笑的是她的眼睛，口唇，
和唇边浑圆的漩涡。
艳丽如同露珠，
朵朵的笑向
贝齿的闪光里躲。
那是笑——神的笑，美的笑：
水的映影，风的轻歌。

一首桃花

笑的是她惺松的鬓发,

散乱地挨着她耳朵。

轻软如同花影,

痒痒的甜蜜

涌进了你的心窝。

那是笑——诗的笑,画的笑:

云的留痕,浪的柔波。

深夜里听到乐声

　　这首诗，表达了一种婉转的体谅而拒绝的心情。深夜里听到一声声思念的琴声，心里完全明白，但她不能破坏了"生命早描定"的"式样"，除非在梦中，我们再弹奏这根爱之弦吧。温柔的爱意和理智的告白，这就是这首诗所体现的爱的哲理。

这一定又是你的手指，
轻弹着，
在这深夜，稠密的悲思。

我不禁颊边泛上了红，
静听着，
这深夜里弦子的生动。

一首桃花

一声听从我心底穿过,

忒凄凉

我懂得,但我怎能应和?

生命早描定她的式样,

太薄弱

是人们的美丽的想象。

除非在梦里有这么一天,

你和我

同来攀动那根希望的弦。

情　愿

　　这首诗字里行间透露着作者低落的情绪,但表达的是生活的哲理。当人们想逃避现实时,肯定是情绪落到了低点,往往忘不了伤心的事儿,处处感到缺乏温柔。

　　然而,生活总不能受制于低落的情绪,所以,作者说:"忘了这些个泪点里的情绪。"开心也好,忧郁也罢,人总有死去的一天,还是顺其自然吧,只是到那时我不想留一点儿痕迹在这世界上。

我情愿化成一片落叶,
让风吹雨打到处飘零;
或流云一朵,在澄蓝天,
和大地再没有些牵连。

一首桃花

但抱紧那伤心的标志，
去触遇没着落的怅惘；
在黄昏，夜半，蹑着脚走，
全是空虚，再莫有温柔。

忘掉曾有这世界；有你，
哀悼谁又曾有过爱恋；
落花似的落尽，忘了去
这些个泪点里的情绪。

到那天一切都不存留，
比一闪光，一息风更少
痕迹，你也要忘掉了我
曾经在这世界里活过。

仍　然

面对清澈的湖水和倒影，仍然"怀抱着百般的疑心"，是因为湖本身的深不见底；对"温存袭人的花气"仍然保持警惕，是因为它会让人丧失理智；对大道理和新境界的说教不予回答，是为了坚守自己的本真。这首诗表达了在爱情的狂热追求下，人应该不丧失理智，守住自己的"魂灵"这样一种情感。

你舒伸得像一湖水向着晴空里
白云，又像是一流冷涧，澄清
许我循着林岸穷究你的泉源：
我却仍然怀抱着百般的疑心
对你的每一个映影！

一首桃花

你展开像个千瓣的花朵！
鲜妍是你的每一瓣，更有芳沁，
那温存袭人的花气，伴着晚凉：
我说花儿，这正是春的捉弄人，
来偷取人们的痴情！

你又学叶叶的书篇随风吹展，
揭示你的每一个深思，每一角心境，
你的眼睛望着我，不断地在说话：
我却仍然没有回答，一片的沉静
永远守住我的魂灵。

山中一个夏夜

1931年3月,作者到北京香山双清别墅养病,这首诗就写于此时。作者抓住当夜"黑""静"这一特征,采用了比喻的手法,来描写夏天山中的夜景,没有光亮也没有风,只能听到山谷里的石头上的流水声。在静谧的夜的笼罩下,如同身处梦境,不会让人产生任何疑问。

山中一个夏夜,深得
像没有底一样,
黑影,松林密密的;
周围没有点光亮。
　　对山闪着只一盏灯——两盏
　　像夜的眼,夜的眼在看!

一首桃花

满山的风全蹑着脚

像是走路一样，

躲过了各处的枝叶

各处的草，不响。

  单是流水，不断地在山谷上

  石头的心，石头的口在唱。

均匀的一片静，罩下

像张软垂的幔帐。

疑问不见了，四角里

模糊，是梦在窥探？

  夜像在祈祷，无声地在期望

幽馥的虔诚在无声里布漫。

激　昂

作者借着激昂的情绪来表白自己的心迹，愿意"挥动思想的创新"来斩断令人窒息的尘网，创造出一个纯洁美丽的新世界。然后，遨游期间，尽情抒发，为了这永远让人膜拜的美丽，可以献出自己的一切。

我要借这一时的豪放
和从容，灵魂清醒的
在喝一泉甘甜的鲜露，
来挥动思想的利剑，
舞它那一瞥最敏锐的
锋芒，像皑皑塞野的雪
在月的寒光下闪映，
喷吐冷激的辉艳；——斩，

一首桃花

斩断这时间的缠绵，

和猥琐网布的纠纷，

剖取一个无瑕的透明，

看一次你，纯美，

你的裸露的庄严。

……

然后踩登

任一座高峰，攀牵着白云

和锦样的霞光，跨一条

长虹，瞰临着澎湃的海，

在一穹匀净的澄蓝里，

书写我的惊讶与欢欣，

献出我最热的一滴眼泪，

我的信仰，至诚，和爱的力量，

永远膜拜，

膜拜在你美的面前！

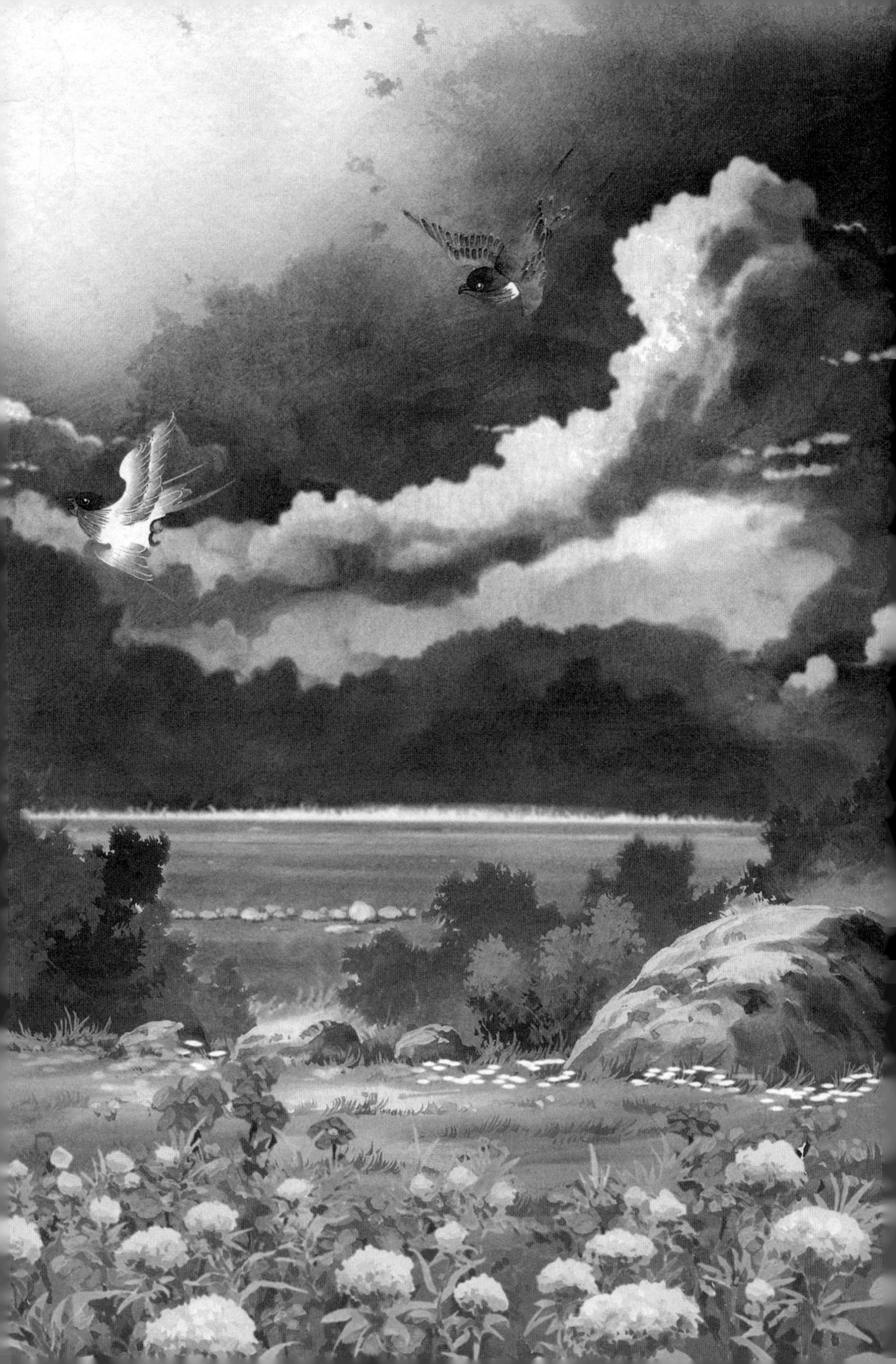

你是一树一树的花开，是燕
在梁间呢喃——你是爱，是暖，
是希望，你是人间的四月天！

林徽因

你是人间的四月天

——一句爱的赞颂

这是一首表达母爱的亲子之诗,是一首对生命的赞美诗。整首诗歌充满了温馨美好,洋溢着生机的意象,如"笑响""春""软风""鹅黄""细雨点""初放的绿芽""燕的呢喃",等等。还有"你是爱、是暖、是希望""你是人间的四月天"等充满情感的诗句。让人感受到作者内心的欢欣与喜悦。

我说你是人间的四月天;
笑响点亮了四面风;轻灵
在春的光艳中交舞着变。

一首桃花

你是四月早天里的云烟,
黄昏吹着风的软,星子在
无意中闪,细雨点洒在花前。

那轻,那娉婷,你是,鲜妍
百花的冠冕你戴着,你是
天真,庄严,你是夜夜的月圆。

雪化后那片鹅黄,你像;新鲜
初放芽的绿,你是;柔嫩喜悦,
水光浮动着你梦中期待的白莲。

你是一树一树的花开,是燕
在梁间呢喃——你是爱,是暖,
是希望,你是人间的四月天!

深 笑

　　这首诗所表现的笑，洋溢着孩子般的天真，缭绕着生命的美。诗中的意象纯真而典雅，"明珠""清泉""花儿""短墙"，更有"百层塔"将笑飞上云天。作者将无形的笑，化作有形的物，更让人感到笑的具体可感，牵动人们内心深处的情感。

　　是谁笑得那样甜，那样深，
　　那样圆转？一串一串明珠
　　大小闪着光亮，迸出天真！
　　清泉底浮动，泛流到水面上，
　　　灿烂，
　　分散！

一首桃花

是谁笑得好花儿开了一朵？
那样轻盈，不惊起谁。
细香无意中，随着风过，
拂在短墙，丝丝在斜阳前
　挂着
留恋。

是谁笑成这百层塔高耸，
让不知名鸟雀来盘旋？是谁
笑成这万千个风铃的转动，
从每一层琉璃的檐边
　摇上
云天？

记　忆

　　每个人的记忆深处都会有一些带着感情涟漪的美好回忆，当你打开记忆的闸门时，它就像月光下宁静的荷香，又像风吹过湖面，撩动了心绪，仿佛在梦中，回顾茫茫往事荡漾在心中却又不留痕迹，就像沉入水底的倒影。诗歌表达了作者对往事的感怀之情。

断续的曲子，最美或最温柔的

夜，带着一天的星。

记忆的梗上，谁不有

两三朵娉婷，披着情绪的花

无名的展开

野荷的香馥，

每一瓣静处的月明。

一首桃花

湖上风吹过，头发乱了，或是
水面皱起像鱼鳞的锦。
四面里的辽阔，如同梦
荡漾着中心彷徨的过往
不着痕迹，谁都
认识那图画，
沉在水底记忆的倒影！

题剔空菩提叶

一片菩提叶的坠落，引起了作者的诗情。菩提是佛教用语，指觉悟的智慧和觉悟的途径。眼见菩提叶在风中飘落，让作者感到：一切生物体，智慧也好美也罢，总逃不出时间的威严。至多留下"美丽的骸骨"。

认得这透明体，
智慧的叶子掉在人间？
消沉，慈净——
那一天一闪冷焰，
一叶无声地坠地，
仅证明了智慧寂寞
孤零的终会死在风前！
昨天又昨天，美

一首桃花

还逃不出时间的威严；
相信这里睡眠着最美丽的
骸骨，一丝魂魄月边留念——
……
菩提树下清荫则是去年！

黄昏过泰山

那天路过黄河时，希望黄昏早些来到，想看看月光洒在水面的景致。今天路过泰山，却不想让黄昏去得那么快，葱郁的山峰刚披上晚霞，还来不及欣赏，却只听到林涛声响，已带来了夜的黑暗。

记得那天

心同一条长河，

让黄昏来临，

月一片挂在胸襟。

如同这青黛山，

今天，

心是孤傲的屏障一面；

葱郁，

一首桃花

不忘却晚霞，

苍莽，

却听脚下风起，

来了夜——

静 坐

冬天的好处是能让人沉静下来进入美好的回忆。闲坐窗前,啜着热茶,任思绪飞扬,一幅幅过往的画面便闪过眼前。让你喜,让你忧,就像平日里跟客人谈话。这大概是作者认为的"冬的来意",以此表达自己在平静中思念往事的心境。

冬有冬的来意,
寒冷像花——
花有花香,冬有回忆一把。
一条枯枝影,青烟色的瘦细,
在午后的窗前拖过一笔画;
寒里日光淡了,渐斜……
就是那样地
像待客人说话
我在静沉中默啜着茶。

一首桃花

时　间

时间过得很快，人间的变化更快，告别时春还未尽，即使秋天回来也不会向谁叹息。可是，眼下秋天还没到，却是一片寒冬的阴霾。1937年初，林徽因、梁思成应邀去陕西等地考察古建筑。7月12日，得知"卢沟桥事变"发生后，匆匆返回北平，这首诗或许写的就是这次变故。

人间的季候永远不断在转变

春时你留下多处残红，翩然辞别，

本不想回来时同谁叹息秋天！

现在连秋云黄叶又已失落去

辽远里，剩下灰色的长空一片

透彻的寂寞，你忍听冷风独语？

哭三弟恒
——三十年[1]空战阵亡

这首诗的对话形式，叙事的方式，表达了作者对弟弟以及所有献出生命的"弟兄"的怀念和哀悼之情。首先，肯定这是时代的需要，弟弟及"弟兄"们的死是光荣的。然后说到军械落后，日军疯狂，导致"你们"过早牺牲，成了科技落后的替代者。同时告慰弟弟等人的在天之灵，"不要伤心"，这是时代的不幸，"中国还要上前，黑夜在等天亮"。之所以为"你们"哭泣，是因为"你们"年纪轻轻，没有留什么给自己，一切都交了出去。字里行间充满了悲壮之情。

弟弟，我没有适合时代的语言

---

[1] 指民国三十年，即1941年。

一首桃花

来哀悼你的死；
它是时代向你的要求，
简单的，你给了。
这冷酷简单的壮烈是时代的诗
这沉默的光荣是你。

假使在这不可免的真实上
多给了悲哀，我想呼喊，
那是——你自己也明了——
因为你走得太早，
太早了，弟弟，难为你的勇敢，
机械的落伍，你的机会太惨！

三年了，你阵亡在成都上空，
这三年的时间所做成的不同，
如果我向你说来，你别悲伤，
因为多半不是我们老国，
而是他人在时代中辗动，
我们灵魂流血，炸成了窟窿。

我们已有了盟友、物资同军火，

正是你所曾经希望过。

我记得，记得当时我怎样同你

讨论又讨论，点算又点算，

每一天你是那样耐性地等着，

每天却空的过去，慢得像骆驼！

现在驱逐机已非当日你最想望

驾驶的"老鹰式七五"那样——

那样笨，那样慢，啊，弟弟不要伤心，

你已做到你们所能做的，

别说是谁误了你，是时代无法衡量，

中国还要上前，黑夜在等天亮。

弟弟，我已用这许多不美丽言语

算是诗来追悼你，

要相信我的心多苦，喉咙多哑，

你永不会回来了，我知道，

青年的热血做了科学的代替；

中国的悲怆永沉在我的心底。

啊，你别难过，难过了我给不出安慰。

一首桃花

我曾每日那样想过了几回：
你已给了你所有的，同你去的弟兄
也是一样，献出你们的生命；
已有的年轻一切；将来还有的机会，
可能的壮年工作，老年的智慧；

可能的情爱，家庭，儿女，及那所有
生的权利，喜悦；及生的纷纠！
你们给的真多，都为了谁？你相信
今后中国多少人的幸福要在
你的前头，比自己要紧；那不朽
中国的历史，还需要在世上永久。

你相信，你也做了，最后一切你交出。
我既完全明白，为何我还为着你哭？
只因你是个孩子却没有留什么给自己，
小时我盼着你的幸福，战时你的安全，
今天你没有儿女牵挂需要抚恤同安慰，
而万千国人像已忘掉，你死是为了谁！

展　缓

当情感郁积而成哀怨时，请别任其奔腾，不妨看看奔向大海的河流，不论怎么湍急，总会出现些"逆流"和"港湾"，使其稍作停顿。人应找回"生命中无意的宁静"，对"缭乱"的现实，作冷静的思考，慢慢地下结论，不致于沸腾的血液变成了眼泪。诗中表达了作者崇尚理性追求的情感。这符合她作为建筑学家的身份。

当所有的情感
都并入一股哀怨
如小河，大河，汇向着
无边的大海——不论
怎么冲急，怎样盘旋——
那河上劲风，大小石卵，

一首桃花

所做成的几处逆流
小小港湾，就如同
那生命中，无意的宁静
避开了主流；情绪的
平波越出了悲愁。

停吧，这奔驰的血液；
它们不必全然废弛的
都去造成眼泪。
不妨多几次辗转，溯回流水，
任凭眼前这一切撩乱，
这所有，去建筑逻辑。
把绝望的结论，稍稍
迟缓，拖延时间——
拖延理智的判断——
会再给纯情感一种希望！

八月的忧愁

诗歌在平静的叙述中,表达了作者对命运、生活的思考和难以言说的幽怨。"不明白生活同梦怎样的牵连",诗句透露了作者的愁思之深;理想与现实为何竟有如此落差。在安静幽美的田园风光的背景下,潜藏着作者深深的思考和难以解脱的愁绪。

黄水塘里游着白鸭,
高粱梗油青的刚高过头,
这跳动的心怎样安插,
田里一窄条路,八月里这忧愁?

天是昨夜雨洗过的,山岗
照着太阳又留一片影;

一首桃花

羊跟着放羊的转进村庄,
一大棵树荫下罩着井,又像是心!

从没有人说过八月什么话,
夏天过去了,也不到秋天。
但我望着田垄,土墙上的瓜,
仍不明白生活同梦怎样的连牵。

雨后天

雨后的旷野，青草萋萋，让作者心旷神怡，心情不受约束地跟着雨后的凉风飘荡，化作一缕云，像烟似的飘散，融入大自然。诗歌从作者放松的心情中表达了人与自然的融洽之情。

我爱这雨后天，
这平原的青草一片！
我的心没底止的跟着风吹，
风吹：
吹远了草香，落叶，
吹远了一缕云，像烟——
像烟。

一首桃花

无 题

这是一首追怀之作,前两问,是想起以前经历过的情景,很美。从而想到一个问题,何时能再回到曾经的情境?第三节诗意思是说,其实心是不受时空影响的,不然,以前的情景、以前的人今天怎么会在心里出现?全诗表达了一种思景怀人的心境。

什么时候再能有
那一片静;
溶溶在春风中立着,
面对着山,面对着小河流?

什么时候还能那样
满掬着希望;

披拂新绿,耳语似的诗思,
登上城楼,更听那一声钟响?

什么时候,又什么时候,心
才真能懂得
这时间的距离;山河的年岁;
昨天的静,钟声
昨天的人
怎样又在今天里划下一道影!

一首桃花

秋天，这秋天

  这首诗赋的是秋天，写的是人生。从色彩斑斓的初秋到叶落枝秃的深秋，只需一夜西风。这是大自然的安排，经过春的萌芽，夏的阳光雨露，为的就是秋的硕果。所以，秋"不用哭泣""呼唤"和"祈祷"，只要低下头"来承受"。

  人生又何尝不是这样呢？要有所收获，就要经历蜕变，总不能甘于终生碌碌无为吧。

这是秋天，秋天，

风还该是温软；

太阳仍笑着那微笑，

闪着金银，夸耀

他实在无多了的

最奢侈的早晚！

这里那里，在这秋天，

斑彩错置到各处

山野，和枝叶中间，

像醉了的蝴蝶，或是

珊瑚珠翠，华贵的失散，

缤纷降落到地面上。

这时候心得像歌曲，

由山泉的水光里闪动，

浮出珠沫，溅开

山石的喉嗓唱。

这时候满腔的热情

全是你的，秋天懂得，

秋天懂得那狂放——

秋天爱的是那不经意

不经意的零乱！

但是秋天，这秋天，

他撑着梦一般的喜筵，

不为的是你的欢欣：

他撒开手，一掬璎珞，

一把落花似的幻变，

还为的是那不定的

悲哀，归根儿蒂结住

在这人生的中心！

一首桃花

一阵萧萧的风，起自

昨夜西窗的外沿，

摇着梧桐树哭——

起始你怀疑着：

荷叶还没有残败；

小划子停在水流中间；

夏夜的细语，夹着虫鸣，

还信得过仍然偎着

耳朵旁温甜；

但是梧桐叶带来桂花香，

已打到灯盏的光前。

一切都两样了，他闪一闪说，

只要一夜的风，一夜的幻变。

冷雾迷住我的两眼，

在这样的深秋里，

你又同谁争？现实的背面

是不是现实，荒诞的，

果属不可信的虚妄？

疑问抵不住简单的残酷，

再别要悯惜流血的哀惶，

趁一次里，要认清

造物更是摧毁的工匠。

信仰只一细炷香,

那点子亮再经不起西风

沙沙的隔着梧桐树吹!

如果你忘不掉,忘不掉

那同听过的鸟啼;

同看过的花好,信仰

该在过往的中间安睡……

秋天的骄傲是果实,

不是萌芽——生命不容你

不献出你积累的馨芳;

交出受过光热的每一层颜色;

点点沥尽你最难堪的酸怆。

这时候,

切不用哭泣;或是呼唤;

更用不着闭上眼祈祷;

(向着将来的将来空等盼);

只要低低的,在静里,低下去

已困倦的头来承受——承受

这叶落了的秋天,

听风扯紧了弦索自歌挽:

这夜,这夜,这惨的变换!

一首桃花

孤 岛

一座充满诗情画意的山峰，但只是耸立于河心里的孤岛，尽管苦心孤诣地把自己打扮得十分美丽，也得不到人们的欣赏。这首诗表达了作者对人生的感怀，一个人即使才华横溢，也别把自己"做成"远离陆地的孤岛。

遥望它是充满画意的山峰，

远立在河心里高傲的凌耸，

可怜它只是不幸的孤岛——

天然没有埂堤，人工没搭座虹桥。

他同他的映影永为周围的水的囚犯；

陆地于它，是达不到的希望！

早晚寂寞它常将小舟挽住！

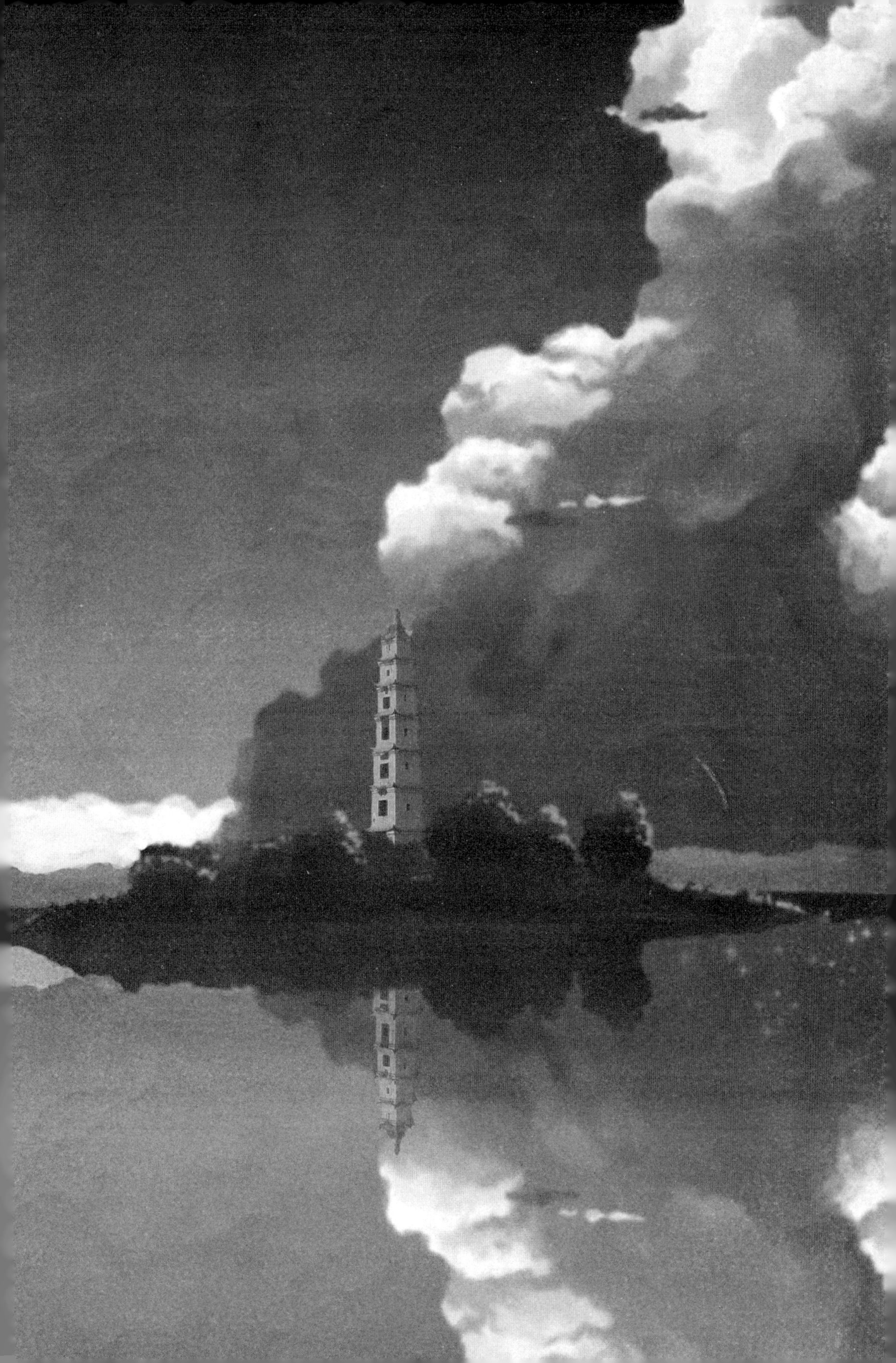

风雨时节任江雾把自己隐去。
晴天它挺着小塔，玲珑独对云心；
盘盘石阶，由钟声松林中，超出安静。

林徽因

风雨时节任江雾把自己隐去。

晴天它挺着小塔,玲珑独对云心;

盘盘石阶,由钟声松林中,超出安静。

特殊的轮廓它苦心孤诣做成,

漠漠大地又哪里去找一点同情?

一首桃花

古城黄昏

黄昏时见到的古城正如古城的黄昏期。街巷依旧，人流不断，只是苑囿废了，庙坛荒了，殿门上锁了。僧寺、香火、钟声都在新兴的集市中消失了。只有车马扬起的尘土，狂风吹起的沙尘叹息着古城昔日的辉煌。

我见到古城在斜阳中凝神

城楼望着城楼

忘却中间一片黄金的殿顶

十条闹街还散在脚下

虫蚁一样有无数行人

我见到古城在黄昏中凝神

乌鸦噪聒飞旋

废苑古柏在困倦中支撑

无数坛庙寂寞与荒凉

锁起一座一座剥落的殿门

我听到古城在薄暮中独语

僧寺消寂,熄了香火

钟声沉下,市声里失去

车马不断扬起年代的尘土

到处风沙叹息着历史

一首桃花

你来了（空想外四章之一）

"你来了"，又怎样？即使景色如诗如画，阳光明媚，花红、萍绿、鸟鸣，还不是"如同画里人掉回头"，就不见了。只有白云，让人寄托愁思，开阔心胸。

你来了，画里楼阁立在山边，
交响曲，由风到风，草青到天！
阳光投多少个方向，谁管？你，我
如同画里人掉回头，便就不见！

你来了，花开到深深的深红；
绿萍遮住池塘上一层晓梦，
鸟唱着，树梢交织起细细枝柯——白云
却是我们，悠忽翻过好几重天空！

藤花前（空想外四章之三）
——独过静心斋

寂静深锁的小院中，"我"独自徘徊，闻着寂寞的花香，欣赏着寂寞的景色，面对无人知道的紫藤花默默无语。作者通过这首诗，排遣了心灵的寂寞。

紫藤花开了
轻轻地放着香
没有人知道……

紫藤花开了
轻轻地放着香，
没有人知道。

一首桃花

楼不管,曲廊不作声,

蓝天里白云行去,

池子一脉静;

水面散着浮萍,

水底下挂着倒影。

紫藤花开了

没有人知道!

蓝天里白云行去,

小院,

无意中我走到花前。

轻香,风吹过

花心,

风吹过我——

望着无语,紫色点。

那 一 晚

　　作者在这首诗中用委婉柔丽的笔调抒发了自己的内心世界，让读者感到作者是如何回溯这虽已过去但仍萦绕在心的神圣而纯洁的精神边境的。诗中没有幽怨，而是理智地"认取""分定了方向"的"生活"，不论如何变化，我们都要保持那份真诚。

那一晚我的船推出了河心，
澄蓝的天上托着密密的星。
那一晚你的手牵着我的手，
迷惘的星夜封锁起重愁。
那一晚你和我分定了方向，
两人各认取个生活的模样。

一首桃花

到如今我的船仍然在海面飘,
细弱的桅杆常在风涛里摇。
到如今太阳只在我背后徘徊,
层层的阴影留守在我周围。
到如今我还记着那一晚的天,
星光、眼泪、白茫茫的江边!
到如今我还想念你岸上的耕种:
红花儿黄花儿朵朵的生动。

那一天我希望要走到了顶层,
蜜一般酿出那记忆的滋润。
那一天我要挎上带羽翼的箭,
望着你花园里射一个满弦。
那一天你要听到鸟般的歌唱,
那便是我静候着你的赞赏。
那一天你要看到零乱的花影,
那便是我私闯入当年的边境!

"谁爱这不息的变幻"

这是作者从事文学创作后写的第一首诗,发表于1931年4月《诗刊》第二期。诗中表达了作者对时光匆匆而去的无奈和摆脱大自然"操纵"的激情。大自然的阴晴雨雪、四季更替,日复一日,年复一年,催促着时光,催老了人生。当人类用以自我安慰的"永恒"在大自然面前显得那么苍白、那么无力时,谁又会喜欢这催人忘却、催人老去的时光呢?

谁爱这不息的变幻,她的行径?

催一阵急雨,抹一天云霞,月亮,

星光,日影,在在都是她的花样,

更不容峰峦与江海偷一刻安定。

骄傲的,她奉着那荒唐的使命:

看花放蕊树凋零,娇娃做了娘;

一首桃花

　　叫河流凝成冰雪，天地变了相；
都市喧哗，再寂成广漠的夜静！
　　虽说千万年在她掌握中操纵，
她不曾遗忘一丝毫发的卑微。
难怪她笑永恒是人们造的谎，
　　来抚慰恋爱的消失，死亡的痛。
但谁又能参透这幻化的轮回，
谁又大胆地爱过这伟大的变幻？

红叶里的信念

　　红叶是经历了深秋的风刀霜剑才呈现出如此辉煌，美丽是以苦痛的代价换来的。所以，作者不是为了看红叶，不是为了表现它如何之美，而是对红叶"存一堆信念"。梦是寻不到的，理想往往与现实脱节，人总应该脚踏实地地攀登，要获得人生的辉煌，应该多问问"这美丽的后面""任何一分、一毫，一个纤微的理想"都需要"任何苦痛去换"。

年年不是要看西山的红叶，
谁敢看西山红叶？不是
要听异样的鸟鸣，停在
那一个静幽的树枝头，
是脚步不能自已地走——
走，迈向理想的山坳子

一首桃花

寻觅从未曾寻着的梦：
一茎梦里的花，一种香，
斜阳四处挂着，风吹动，
转过白云，小小一角高楼。

钟声已在脚下，松同松
并立着等候，山野已然
百般渲染豪侈的深秋。
梦在哪里，你的一缕笑，
一句话，在云浪中寻遍
不知落到哪一处？流水已经
渐渐地清寒，载着落叶
穿过空的石桥，白栏杆，
叫人不忍再看，红叶去年
同踏过的脚迹火一般。

好，抬头，这是高处，心卷起
随着那白云浮过苍茫，
别计算在哪里驻脚，去，
相信千里外还有霞光，
像希望，记得那烟霞颜色，

就不为编织美丽的明天,
为此刻空的歌唱,空的
凄恻,空的缠绵,也该放
多一点勇敢,不怕连牵
斑驳金银般旧积的创伤!

再看红叶每年,山重复的
流血,山林,石头的心胸
从不倚借梦支撑,夜夜
风像利刃削过大土壤,
天亮时沉默焦灼的唇,
忍耐的仍向天蓝,呼唤
瓜果风霜中完成,呈光彩,
自己山头流血,变坟台!
平静,我的脚步,慢点儿去,
别相信谁曾安排下梦来!

一路上枯枝,鸟不曾唱,
小野草香风早不是春天。
停下!停下!风同云,水同
水藻全叫住我,说梦在

一首桃花

背后；蝴蝶秋千理想的

山坳同这当前现实的

石头子路还缺个牵连！

愈是山中奇妍的黄月光

挂出树尖，愈得相信梦，

梦里斜晖一茎花是谎！

但心不信！空虚的骄傲

秋风中旋转，心仍叫喊

理想的爱和美，同白云

角逐；同斜阳笑吻；同树，

同花，同香，乃至同秋虫

石隙中悲鸣，要携手去；

同奔跃嬉游水面的青蛙，

盲目地再去寻盲目日子——

要现实的热情另涂图画，

要把满山红叶采作花！

这萧萧瑟瑟不断地呜咽，

掠过耳鬓也还卷着温存，

影子在秋光中摇曳，心再

不信光影外有串疑问！

心仍不信，只因是午后，

那片竹林子阳光穿过

照暖了石头，赤红小山坡，

影子长长两条，你同我

曾经参差那亭子石路前，

浅碧波光老树干旁边！

生命中的谎再不能比这把

颜色更鲜艳！记得那一片

黄金天，珊瑚般玲珑叶子

秋风里挂，即使自己感觉

内心流血，又怎样个说话？

谁能问这美丽的后面

是什么？赌博时，眼闪亮，

从不悔那猛上孤注的力量；

都说任何苦痛去换任何一分，

一毫，一个纤微的理想！

所以脚步此刻仍在迈进，

不能自已，不能停！虽然山中

一首桃花

一万种颜色，一万次的变，
各种寂寞已环抱着孤影：
热的减成微温，温的又冷，
焦黄叶压踏在脚下碎裂，
残酷地散排昨天的细屑，
心却仍不问脚步为甚固执，
那寻不着的梦中路线——
仍依恋指不出方向的一边！
西山，我发誓地，指着西山，
别忘记，今天你，我，红叶，
连成这一片血色的伤怆！
知道我的日子仅是匆促的
几天，如果明年你同红叶
再红成火焰，我却不见……
深紫，你山头须要多添
一缕抑郁热情的象征，
记下我曾为这山中红叶，
今天流血地存一堆信念！

人　生

　　人生像"一支曲子",看你怎么唱;人生像"河流",看你怎么行船。这些形象的比喻,表达了:人应该走好自己的人生路,谱写出"绚彩"的人生,给后人留下点什么。这样,即使人死了,而人生还会有后人来接续。

人生,
你是一支曲子,
我是歌唱的;

你是河流
我是条船,一片小白帆
我是个行旅者的时候,
你,田野,山林,峰峦。

一首桃花

无论怎样,
颠倒密切中牵连着
你和我,
我永从你中间经过;

我生存,
你是我生存的河道,
理由同力量。
你的存在
则是我胸前心跳里
五色的绚彩
但我们彼此交错
并未彼此留难。
……
现在我死了,
你——
我把你再交给他人负担!

一首桃花

　　这首诗以清丽的诗句,飘逸的思绪,描绘了春天里一树娇艳而多情的桃花,表达的是欢快而浪漫的情绪。作者采用拟人和比喻的手法,把桃花写活了,生姿顾盼的样子多惹人爱。

桃花,
那一树的嫣红,
像是春说的一句话:
朵朵露凝的娇艳,
是一些
玲珑的字眼,
一瓣瓣的光致,
又是些

一首桃花

柔的匀的吐息；
含着笑，
在有意无意间
生姿的顾盼。
看——
那一颤动在微风里
她又留下，淡淡的，
在三月的薄唇边，
一瞥，
一瞥多情的痕迹！

散文

现代名家美文
经典文库

现代名家美文

经典文库

死是悲剧的一章,生则更是一场悲剧的主干!
我们这一群剧中的角色自身性格与性格矛盾;
理智与情感两不相容;
理想与现实当面冲突,侧面或反面激成悲哀。

悼志摩

徐志摩"突兀"死亡的消息，毋宁给作者一个沉重的打击，让作者感到十分震惊并心生哀思。

然而，深沉的悲痛并没有使作者在写这篇悼文的时候丧失理智，她仍然对徐志摩进行了客观冷静的评价。作者写道："诗人的志摩用不着我来多说，他那许多诗文便是估价他的天平。"

同时，这篇悼文也给那些对徐志摩生前的不公正批评给予了回击。作者又写道："我们寻常人就爱说了解；能了解的我们便同情，不了解的我们便很落漠乃至于酷刻。表同情于我们能了解的，我们以为很适当；不表同情于我们不能了解的，我们也认为很公平。志摩则不然……"

那么，作者眼中的徐志摩究竟是怎么样的呢？

一首桃花

十一月十九日我们的好朋友，许多人都爱戴的新诗人，徐志摩突兀的，不可信的，惨酷的，在飞机上遇险而死去。这消息在二十日的早上像一根针刺猛触到许多朋友的心上，顿使那一早的天墨一般地昏黑，哀恸的咽哽锁住每一个人的嗓子。

志摩……死……谁曾将这两个句子联在一处想过！他是那样活泼的一个人，那样刚刚站在壮年的顶峰上的一个人。朋友们常常惊讶他的活动，他那像小孩般的精神和认真，谁又会想到他死？

突然的，他闯出我们这共同的世界，沉入永远的静寂，不给我们一点预告，一点准备，或是一个最后希望的余地。这种几乎近于忍心的决绝，那一天不知震麻了多少朋友的心？现在那不能否认的事实，仍然无情地挡住我们前面。任凭我们多苦楚地哀悼他的惨死，多迫切地希冀能够仍然接触到他原来的音容，事实是不会为体贴我们这悲念而有些须更改；而他也再不会为不忍我们这伤悼而有些须活动的可能！这难堪的永远静寂和消沉便是死的最残酷处。

我们不迷信的，没有宗教地望着这死的帷幕，更是丝毫没有把握。张开口我们不会呼吁，闭上眼不会入梦，徘徊在理智和情感的边沿，我们不能预期后会，对这死，我们只是永远发怔，吞咽枯涩的泪，待时间来剥削这哀恸的尖锐，痂结我们每次悲悼的创伤。那一天下午初得到消息的许多朋友不是全跑到胡适之先生家里吗？但是除却拭泪相对，默然围坐外，谁也没有主意，谁也不知有什么话说，对这死！

谁也没有主意，谁也没有话说！事实不容我们安插任何的希望，情感不容我们不伤悼这突兀的不幸，理智又不容我们有超自然的幻想！默然相对，默然围坐……而志摩则仍是死去没有回头，没有音讯，永远地不会回头，永远地不会再有音讯。

我们中间没有绝对信命运之说的，但是对着这不测的人生，谁不感到惊异，对着那许多事实的痕迹又如何不感到人力的脆弱，智慧的有限。世事尽有定数？世事尽是偶然？对这永远的疑问我们什么时候能有完全的把握？

在我们前边展开的只是一堆坚质的事实：

"是的，他十九晨有电报来给我……

"十九早晨，是的！说下午三点准到南苑，派车接……

"电报是九时从南京飞机场发出的……

"刚是他开始飞行以后所发……

"派车接去了，等到四点半……说飞机没有到……

"没有到……航空公司说济南有雾……很大……"只是一个钟头的差别；下午三时到南苑，济南有雾！谁相信就是这一个钟头中便可以有这么不同事实的发生，志摩，我的朋友！

他离平的前一晚我仍见到，那时候他还不知道他次晨南旅的，飞机改期过三次，他曾说如果再改下去，他便不走了的。我和他同由一个茶会出来，在总布胡同口分手。在这茶会里我们请

一首桃花

的是为太平洋会议来的一个柏雷博士,因为他是志摩生平最爱慕的女作家曼殊斐儿的姊丈,志摩十分的殷勤;希望可以再从柏雷口中得些关于曼殊斐儿早年的影子,只因限于时间,我们茶后匆匆地便散了。晚上我有约会出去了,回来时很晚,听差说他又来过,适遇我们夫妇刚走,他自己坐了一会儿,喝了一壶茶,在桌上写了些字便走了。我到桌上一看:——

"定明早六时飞行,此去存亡不卜……"我怔住了,心中一阵不痛快,却忙给他一个电话。

"你放心,"他说,"很稳当的,我还要留着生命看更伟大的事迹呢,哪能便死?……"

话虽是这样说,他却是已经死了整两周了!

凡是志摩的朋友,我相信全懂得,死去他这样一个朋友是怎么一回事!

现在这事实一天比一天更结实,更固定,更不容否认。志摩是死了,这个简单惨酷的实际早又添上时间的色彩,一周,两周,一直地增长下去……

我不该在这里语无伦次的尽管呻吟我们做朋友的悲哀情绪。归根说,读者抱着我们文字看,也就是像志摩的请柏雷一样,要从我们口里再听到关于志摩的一些事。这个我明白,只怕我不能使你们满意,因为关于他的事,动听的,使青年人知道这里有个不可多得的人格存在的,实在太多,决不是几千字可以表达得

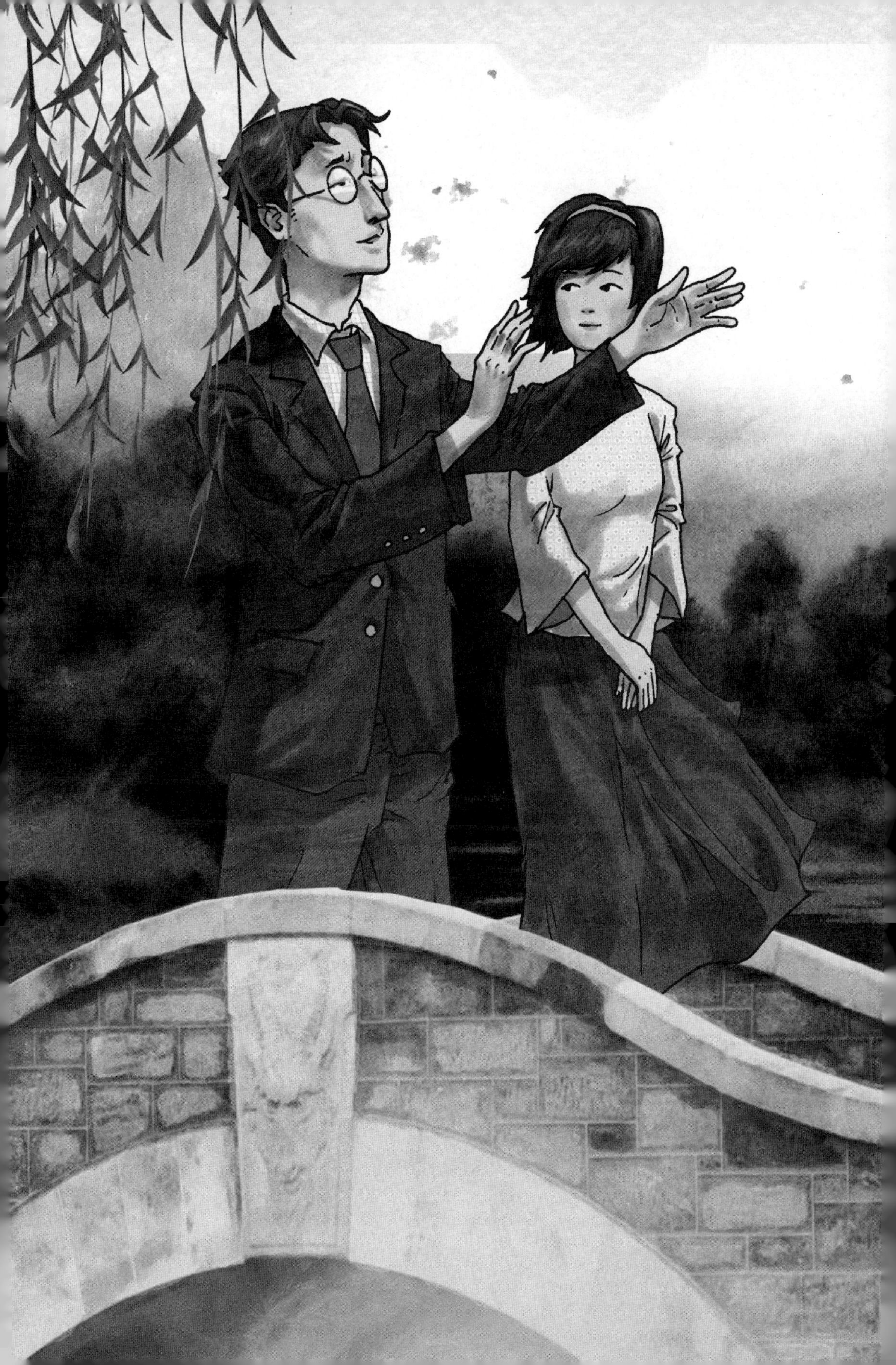

我诧异地打断他对那虹的描写,问他:怎么他便知道,准会有虹的。他得意地笑答我说:"完全诗意的信仰!"

完。谁也得承认像他这样的一个人世间便不轻易有几个的，无论在中国或是外国。

我认得他，今年整十年，那时候他在伦敦经济学院，尚未去康桥。我初次遇到他，也就是他初次认识到影响他迁学的遨更生先生。不用说他和我父亲最谈得来，虽然他们年岁上差别不算少，一见面之后便互相引为知己。他到康桥之后由遨更生介绍进了皇家学院，当时和他同学的有我姊丈温君源宁。一直到最近两月中源宁还常在说他当时的许多笑话，虽然说是笑话，那也是他对志摩最早的一个惊异的印象。志摩认真的诗情，绝不含有丝毫矫伪，他那种痴，那种孩子似的天真实能令人惊讶。源宁说，有一天他在校舍里读书，外边下了倾盆大雨——唯是英伦那样的岛国才有的狂雨——忽然他听到有人猛敲他的房门，外边跳进一个被雨水淋得全湿的客人。不用说他便是志摩，一进门一把扯着源宁向外跑，说快来我们到桥上去等着。这一来把源宁怔住了，他问志摩等什么在这大雨里。志摩睁大了眼睛，孩子似的高兴地说"看雨后的虹去"。源宁不止说他不去，并且劝志摩趁早将湿透的衣服换下，再穿上雨衣出去，英国的湿气岂是儿戏，志摩不等他说完，一溜烟地自己跑了！

以后我好奇地曾问过志摩这故事的真确，他笑着点头承认这全段故事的真实。我问：那么下文呢，你立在桥上等了多久，并且看到虹了没有？他说记不清但是他居然看到了虹。我诧异地打

111

一首桃花

断他对那虹的描写,问他:怎么他便知道,准会有虹的。他得意地笑答我说:"完全诗意的信仰!"

"完全诗意的信仰",我可要在这里哭了!也就是为这"诗意的信仰"他硬要借航空的方便达到他"想飞"的宿愿!"飞机是很稳当的,"他说,"如果要出事那是我的运命!"他真对运命这样完全诗意的信仰!

志摩我的朋友,死本来也不过是一个新的旅程,我们没有到过的,不免过分地怀疑,死不定就比这生苦,"我们不能轻易断定那一边没有阳光与人情的温慰",但是我前边说过最难堪的是这永远的静寂。我们生在这没有宗教的时代,对这死实在太没有把握了。这以后许多思念你的日子,怕要全是昏暗的苦楚,不会有一点点光明,除非我也有你那美丽的诗意的信仰!

我个人的悲绪不竟又来扰乱我对他生前许多清晰的回忆,朋友们原谅。

诗人的志摩用不着我来多说,他那许多诗文便是估价他的天平。我们新诗的历史才是这样的短,恐怕他的判断人尚在我们儿孙辈的中间。我要谈的是诗人之外的志摩。人家说志摩的为人只是不经意的浪漫,志摩的诗全是抒情诗,这断语从不认识他的人听来可以说很公平,从他朋友们看来实在是对不起他。志摩是个很古怪的人,浪漫固然,但他人格里最精华的却是他对人的同情,和蔼和优容;没有一个人他对他不和蔼,没有一种人,他不能优容，没有一种的情感，他绝对地不能表同情。我不说了解，因为不是许多人爱说志摩最不解人情吗？我说他的特点也就在这上头。

我们寻常人就爱说了解；能了解的我们便同情，不了解的我们便很落漠乃至于酷刻。表同情于我们能了解的，我们以为很适当；不表同情于我们不能了解的，我们也认为很公平。志摩则不然，了解与不了解，他并没有过分地夸张，他只知道温存，和平，体贴，只要他知道有情感的存在，无论出自何人，在何等情况之下，他理智上认为适当与否，他全能表几分同情，他真能体会原谅他人与他自己不相同处。从不会刻薄地单支出严格的迫仄的道德的天平指谪凡是与他不同的人。他这样的温和，这样的优容，真能使许多人惭愧，我可以忠实地说，至少他要比我们多数的人伟大许多；他觉得人类各种的情感动作全有它不同的，价值放大了的人类的眼光，同情是不该只限于我们划定的范围内。他是对的，朋友们，归根说，我们能够懂得几个人，了解几桩事，几种情感？哪一桩事，哪一个人没有多面的看法！为此说来志摩朋友之多，不是个可怪的事；凡是认得他的人不论深浅对他全有特殊的感情，也是极自然的结果。而反过来看他自己在他一生的过程中却是很少得着同情的。不止如是，他还曾为他的一点理想的愚诚几次几乎不见容于社会。但是他却未曾为这个而鄙吝他给他人的同情心，他的性情，不曾为受了刺激而转变刻薄暴戾过，

一首桃花

谁能不承认他几有超人的宽量。

志摩的最动人的特点,是他那不可信的纯净的天真,对他的理想的愚诚,对艺术欣赏的认真,体会情感的切实,全是难能可贵到极点。他站在雨中等虹,他甘冒社会的大不韪争他的恋爱自由;他坐曲折的火车到乡间去拜哈代,他抛弃博士一类的引诱卷了书包到英国,只为要拜罗素做老师,他为了一种特异的境遇,一时特异的感动,从此在生命途中冒险,从此抛弃所有的旧业,只是尝试写几行新诗——这几年新诗尝试的运命并不太令人踊跃,冷嘲热骂只是家常便饭——他常能走几里路去采几茎花,费许多周折去看一个朋友说两句话;这些,还有许多,都不是我们寻常能够轻易了解的神秘。我说神秘,其实竟许是傻,是痴!事实上他只是比我们认真,虔诚到傻气,到痴!他愉快起来他的快乐的翅膀可以碰得到天,他忧伤起来,他的悲戚是深得没有底。寻常评价的衡量在他手里失了效用,利害轻重他自有他的看法,纯是艺术的情感的脱离寻常的原则,所以往常人常听到朋友们说到他总爱带着嗟叹的口吻说:"那是志摩,你又有什么法子!"他真的是个怪人吗?朋友们,不,一点都不是,他只是比我们近情,近理,比我们热诚,比我们天真,比我们对万物都更有信仰,对神,对人,对灵,对自然,对艺术!

朋友们我们失掉的不止是一个朋友,一个诗人,我们丢掉的是个极难得可爱的人格。

至于他的作品全是抒情的吗？他的兴趣只限于情感吗？更是不对。志摩的兴趣是极广泛的。就有几件，说起来，不认得他的人便要奇怪。他早年很爱数学，他始终极喜欢天文，他对天上星宿的名字和部位就认得很多，最喜暑夜观星，好几次他坐火车都是带着关于宇宙的科学的书。他曾经疯过爱因斯坦的相对论，并且在一九二二年便写过一篇关于相对论的东西登在《民铎》杂志上。他常向思成说笑："任公先生的相对论的知识还是从我徐君志摩大作上得来的呢，因为他说他看过许多关于爱因斯坦的哲学都未曾看懂，看到志摩的那篇才懂了。"今夏我在香山养病，他常来闲谈，有一天谈到他幼年上学的经过和美国克来克大学两年学经济学的景况，我们不竟对笑了半天，后来他在他的《猛虎集》的"序"里也说了那么一段。可是奇怪的！他不像许多天才，幼年里上学，不是不及格，便是被斥退，他是常得优等的，听说有一次康乃尔暑校里一个极严的经济教授还写了信去克来克大学教授那里恭维他的学生，关于一门很难的功课。我不是为志摩在这里夸张，因为事实上只有为了这桩事，今夏志摩自己便笑得不亦乐乎！

此外他的兴趣对于戏剧绘画都极深浓，戏剧不用说，与诗文是那么接近，他领略绘画的天才也颇可观，后期印象派的几个画家，他都有极精密的爱恶，对于文艺复兴时代那几位，他也很熟

一首桃花

悉，他最爱鲍提且利[1]和达文骞[2]。自然他也常承认文人喜画常是间接地受了别人论文的影响，他的，就受了法兰（Roger Fry）[3]和斐德（Walter Pater）[4]的不少。对于建筑审美他常常对思成和我道歉说："太对不起，我的建筑常识全是Ruskins[5]那一套。"他知道我们是最讨厌Ruskins的。但是为看一个古建的残址，一块石刻，他比任何人都热心，都更能静心领略。

他喜欢色彩，虽然他自己不会作画，暑假里他曾从杭州给我几封信，他自己叫它们作"描写的水彩画"，他用英文极细致地写出西（边？）桑田的颜色，每一分嫩绿，每一色鹅黄，他都仔细地观察到。又有一次他望着我园里一带断墙半晌不语，过后他告诉我说，他正在默默体会，想要描写那墙上向晚的艳阳和刚刚入秋的藤萝。

对于音乐，中西的他都爱好，不止爱好，他那种热心便唤醒过北平一次——也许唯一的一次——对音乐的注意。谁也忘不了那一年，克拉司拉到北平在"真光"拉一个多钟头的提琴。[6]对旧剧他也得算"在行"，他最后在北平那几天我们曾接连地同去听

---

[1] 鲍提且利即波提切利，15世纪末佛罗伦萨的著名画家，代表作有《维纳斯的诞生》等。
[2] 达文骞即达·芬奇，意大利文艺复兴三杰之一，代表作有《蒙娜丽莎》等。
[3] 法兰即罗杰·弗莱，英国艺术史家、艺术批评家和美学家。
[4] 斐德即瓦尔特·佩特，英国批评家。
[5] 即拉斯金，英国艺术评论家。
[6] 克拉司拉到北平在"真光"拉一个多钟头的提琴：指美籍小提琴家Fritz Kreisler，"真光"指真光电影院，即今儿童剧院。

好几出戏，回家时我们讨论的热闹，比任何剧评都诚恳都起劲。

谁相信这样的一个人，这样忠实于"生"的一个人，会这样早地永远地离开我们另投一个世界，永远地静寂下去，不再透些须声息！

我不敢再往下写，志摩若是有灵听到比他年轻许多的一个小朋友拿着老声老气的语调谈到他的为人不觉得不快吗？这里我又来个极难堪的回忆，那一年他在同一个的报纸上写了那篇伤我父亲惨故的文章①，这梦幻似的人生转了几个弯，曾几何时，却轮到我在这风紧夜深里握笔吊他的惨变。这是什么人生？什么风涛？什么道路？志摩，你这最后的解脱未始不是幸福，不是聪明，我该当羡慕你才是。

---

① 那一年他在这同一个的报纸上写了那篇伤我父亲惨故的文章：指徐志摩1926年2月所作《伤双栝老人》一文。伤：忧思；哀悼。

窗子以外

这不是一篇带着诗意的抒情散文，而是一个有良心的知识分子，通过对现实社会的观察和体验，对民生的艰辛深表同情的心灵叙说。

文章以窗外所见切入，点明"那是多少生命日夜在活动着的所在"，然后，视线转向了现实中的一个生活场景。从近到远，思绪万千，描述了不同的场景和各色人等的生活状况和生活态度。文章讽刺了"大衙门"无视民生的行径，还幽默地调侃了一下"时髦的学者"们。

显然，作者对如何改变这种社会现实觉得无能为力，只能无奈地道出"你看了多少也是枉然"。

话从哪里说起？等到你要说话，什么话都是那样渺茫地找不到个源头。

此刻，就在我眼帘底下坐着是四个乡下人的背影：一个头上包着黯黑的白布，两个褪色的蓝布，又一个光头。他们支起膝盖，半蹲半坐的，在溪沿的短墙上休息。每人手里一件简单的东西：一个是白木棒，一个篮子，那两个在树荫底下我看不清楚。无疑地他们已经走了许多路，再过一刻，抽完一筒旱烟以后，是还要走许多路的。兰花烟的香味频频随着微风，袭到我官觉上来，模糊中还有几段山西梆子的声调，虽然他们坐的地方是在我廊子的铁纱窗以外。

铁纱窗以外，话可不就在这里了。永远是窗子以外，不是铁纱窗就是玻璃窗，总而言之，窗子以外！

所有的活动的颜色、声音、生的滋味，全在那里的，你并不是不能看到，只不过是永远地在你窗子以外罢了。多少百里的平原土地，多少区域的起伏的山峦，昨天由窗子外映进你的眼帘，那是多少生命日夜在活动着的所在；每一根青的什么麦黍，都有人流过汗；每一粒黄的什么米粟，都有人吃去；其间还有的是周折，是热闹，是紧张！可是你则并不一定能看见，因为那所有的周折，热闹，紧张，全都在你窗子以外展演着。

在家里罢，你坐在书房里，窗子以外的景物本就有限。那里两树马缨，几棵丁香；榆叶梅横出疯杈的一大枝；海棠因为缺乏

一首桃花

阳光,每年只开个两三朵——叶子上满是虫蚁吃的创痕,还卷着一点焦黄的边;廊子幽秀地开着扇子式,六边形的格子窗,透过外院的日光,外院的杂音。什么送煤的来了,偶然你看到一个两个被煤炭染成黔黑的脸;什么米送到了,一个人捎着一大口袋在背上,慢慢踱过屏门;还有自来水、电灯、电话公司来收账的,胸口斜挂着皮口袋,手里推着一辆自行车;更有时厨子来个朋友了,满脸的笑容,"好呀,好呀"地走进门房;什么赵妈的丈夫来拿钱了,那是每月一号一点都不差的,早来了你就听到两个人唧唧哝哝争吵的声浪。那里不是没有颜色,声音,生的一切活动,只是他们和你总隔个窗子——扇子式的,六边形的,纱的,玻璃的!

你气闷了把笔一搁说,这叫作什么生活!你站起来,穿上不能算太贵的鞋袜,但这双鞋和袜的价钱也就比——想它做什么,反正有人每月的工资,一定只有这价钱的一半乃至于更少。你出去雇洋车了,拉车的嘴里所讨的价钱当然是要比例价高得多,难道你就傻子似的答应下来?不,不,三十二子,拉就拉,不拉,拉倒!心里也明白,如果真要充内行,你就该说,二十六子,拉就拉——但是你好意思争!

车开始辗动了,世界仍然在你窗子以外。长长的一条胡同,一个个大门紧紧地关着。就是有开的,那也只是露出一角,隐约可以看到里面有南瓜棚子,底下一个女的,坐在小凳上缝缝做做的；另一个，抓住还不能走路的小孩子，伸出头来喊那过路卖白菜的。至于白菜是多少钱一斤，那你是听不见了，车子早已拉得老远，并且你也无须乎知道的。在你每月费用之中，伙食是一定占去若干的。在那一笔伙食费里，白菜又是多么小的一个数。难道你知道了门口卖的白菜多少钱一斤，你真把你哭丧着脸的厨子叫来申斥一顿，告诉他每一斤白菜他多开了你一个"大子儿"？

车越走越远了，前面正碰着粪车，立刻你拿出手绢来，皱着眉，把鼻子蒙得紧紧的，心里不知怨谁好。怨天做的事太古怪；好好的美丽的稻麦却需要粪来浇！怨乡下人太不怕臭，不怕脏，发明那么两个篮子，放在鼻前手车上，推着慢慢走！你怨市里行政人员不认真办事，如此脏臭不卫生的旧习不能改良，十余年来对这粪车难道真无办法？为着强烈的臭气隔着你窗子还不够远，因此你想到社会卫生事业如何还办不好。

路渐渐好起来，前面墙高高的是个大衙门。这里你简直不止隔个窗子，这一带高高的墙是不通风的。你不懂里面有多少办事员，办的都是什么事；多少浓眉大眼的，对着乡下人做买卖的吆喝诈取；多少个又是脸黄黄的可怜虫，混半碗饭分给一家子吃。自欺欺人，里面天天演的到底是什么把戏？但是如果里面真有两三个人拼了命在那里奋斗，为许多人争一点便利和公道，你也无从知道！

到了热闹的大街了，你仍然像在特别包厢里看戏一样，本身

一首桃花

不会,也不必参加那出戏;倚在栏杆上,你在审美地领略,你有的是一片闲暇。但是如果这里洋车夫问你在哪里下来,你会吃一惊,仓促不知所答。生活所最必需的你并不缺乏什么,你这出来就也是不必需的活动。

偶一抬头,看到街心和对街铺子前面那些人,他们都是急急忙忙地,在时间金钱的限制下采办他们生活所必需的。两个女人手忙脚乱地在监督着店里的伙计称秤。二斤四两,二斤四两的什么东西,且不必去管,反正由那两个女人的认真的神气上面看去,必是非同小可,性命交关的货物。并且如果称得少一点时,那两个女人为那点吃亏的分量必定感到重大的痛苦;如果称得多时,那伙计又知道这年头那损失在东家方面真不能算小。于是那两边的争持是热烈的,必需的,大家声音都高一点;女人脸上呈块红色,头发披下了一缕,又用手抓上去;伙计则维持着客气,口里嚷着:错不了,错不了!

热烈的,必需的,在车马纷纭的街心里,忽然由你车边冲出来两个人;男的,女的,各个提起两脚快跑。这又是干什么的,你心想,电车正在拐大弯。那两人原就追着电车,由轨道旁边擦过去,一边追着,一边向电车上卖票的说话。电车是不容易赶的,你在洋车上真不禁替那街心里奔走赶车的担心。但是你也知道如果这趟没赶上,他们就可以在街旁站个半点来钟,那些宁可望穿秋水不雇洋车的人,也就是因为他们的生活而必需计较和节省到洋车同电车价钱上那相差的数目。

此刻洋车跑得很快,你心里继续着疑问你出来的目的,到底采办一些什么必需的货物。眼看着男男女女挤在市场里面,门首出来一个进去一个,手里都是持着包包裹裹,里边虽然不会全是他们当日所必需的,但是如果当中夹着一盒稍微奢侈的物品,则亦必是他们生活中间闪着亮光的一个愉快!你不是听见那人说吗?里面草帽,一块八毛五,贵倒贵点,可是"真不赖"!他提一提帽盒向着打招呼的朋友,他摸一摸他那剃得光整的脑袋,微笑充满了他全个脸。那时那一点迸射着光闪的愉快,当然的归属于他享受,没有一点疑问,因为天知道,这一年中他多少次地克己省俭,使他赚来这一次美满的,大胆的奢侈!

那点子奢侈在那人身上所发生的喜悦,在你身上却完全失掉作用,没有闪一星星亮光的希望!你想,整年整月你所花费的,和你那窗子以外的周围生活程度一比较,严格算来,可不都是非常靡费的用途?每奢侈一次,你心上只有多难过一次,所以车子经过的那些玻璃窗口,只有使你更惶恐,更空洞,更怀疑,前后彷徨不着边际。并且看了店里那些形形色色的货物,除非你真是傻子,难道不晓得它们多半是由那一国工厂里制造出来的!奢侈是不能给你愉快的,它只有要加增你的戒惧烦恼。每一尺好看点的纱料,每一件新鲜点的工艺品!

你诅咒着城市生活,不自然的城市生活!检点行装说,走

一首桃花

了，走了，这沉闷没有生气的生活，实在受不了，我要换个样子过活去。健康的旅行既可以看看山水古刹的名胜，又可以知道点内地纯朴的人情风俗。走了，走了，天气还不算太坏，就是走他一个月六礼拜也是值得的。

没想到不管你走到哪里，你永远免不了坐在窗子以内的。不错，许多时髦的学者常常骄傲地带上"考察"的神气，架上科学的眼镜，偶然走到哪里一个陌生的地方瞭望，但那无形中的窗子是仍然存在的。不信，你检查他们的行李，有谁不带着罐头食品，帆布床，以及别的证明你还在你窗子以内的种种零星用品，你再摸一摸他们的皮包，那里短不了有些钞票；一到一个地方，你有的是一个提梁的小小世界。不管你的窗子朝向哪里望，所看到的多半则仍是在你窗子以外，隔层玻璃，或是铁纱！隐隐约约你看到一些颜色，听到一些声音，如果你私下满足了，那也没有什么，只是千万别高兴起说什么接触了，认识了若干事物人情，天知道那是罪过！洋鬼子们的一些浅薄，千万学不得。

你是仍然坐在窗子以内的，不是火车的窗子，汽车的窗子，就是客栈逆旅的窗子，再不然就是你自己无形中习惯的窗子，把你搁在里面。接触和认识实在谈不到，得天独厚的闲暇生活先不容你。一样是旅行，如果你背上捎的不是照相机而是一点做买卖的小血本，你就需要全副的精神来走路：你得留神投宿的地方；你得计算一路上每吃一次烧饼和几颗沙果的钱；遇着同行的战战兢兢地打招呼，互相捧出诚意，遇着困难时好互相关照帮忙，到了一个地方你是真带着整个血肉的身体到处碰运气，紧张的境遇不容你不奋斗，不与其他奋斗的血和肉的接触，直到经验使得你认识。

前日公共汽车里一列辛苦的脸，那些谈话，里面就有很多生活的分量。陕西过来做生意的老头和那旁坐的一股客气，是不得已的；由交城下车的客人执着红粉包纸烟递到汽车行管事手里也是有多少理由的，穿棉背心的老太婆默默地挟住一个蓝布包袱，一个钱包，是在用尽她的全副本领的，果然到了冀村，她错过站头，还亏别个客人替她要求车夫，将汽车退行两里路，她还不大相信地望着那村站，口里嘟苏着这地方和上次如何两样了。开车的一面发牢骚一面爬到车顶替老太婆拿行李，经验使得他有一种涵养，行旅中少不了有认不得路的老太太，这个道理全世界是一样的，伦敦警察之所以特别和蔼，也是从迷路的老太太孩子们身上得来的。

话说了这许多，你仍然在廊子底下坐着，窗外送来溪流的喧响，兰花烟气味早已消失，四个乡下人这时候当已到了上流"庆和义"磨坊前面。昨天那里磨坊的伙计很好笑的满脸挂着面粉，让你看着磨坊的构造；坊下的木轮，屋里旋转着的石碾，又在高低的院落里，来回看你所不经见的农具在日影下列着。院中一棵老槐、一丛鲜艳的杂花、一条曲曲折折引水的沟渠，伙计和气地

一首桃花

说闲话。他用着山西口音，告诉你，那里一年可出五千多包的面粉，每包的价钱约略两块多钱。又说这十几年来，这一带因为山水忽然少了，磨坊关闭了多少家，外国人都把那些磨坊租去做他们避暑的别墅。惭愧的你说，你就是住在一个磨坊里面，他脸上堆起微笑，让面粉一星星在日光下映着，说认得认得，原来你所租的磨坊主人，一个外国牧师，待这村子极和气，乡下人和他还都有好感情。

这真是难得了，并且好感的由来还有实证。就是那一天早上你无意中出去探古寻胜，这一省山明水秀，古刹寺院，动不动就是宋辽的原物，走到山上一个小村的关帝庙里，看到一个铁铎，刻着万历年号，原来是万历赐这村里庆成王的后人的，不知怎样流落到卖古董的手里。七年前让这牧师买去，晚上打着玩，嘹亮的钟声被村人听到，急忙赶来打听，要凑原价买回，情辞恳切。说起这是他们吕姓的祖传宝物，决不能让它流落出境，这牧师于是真个把铁铎还了他们，从此便在关帝庙神前供着。

这样一来你的窗子前面便展开了一张浪漫的图画，打动了你的好奇，管它是隔一层或两层窗子，你也忍不住要打听点底细，怎么明庆成王的后人会姓吕！这下子文章便长了。

如果你的祖宗是皇帝的嫡亲弟弟，你是不会，也不愿，忘掉的。据说庆成王是永乐的弟弟，这赵庄村里的人都是他的后代。不过就是因为他们记得太清楚了，另一朝的皇帝都有些老大不放心，雍正间诏命他们改姓，由姓朱改为姓吕，但是他们还有用二十字排行的方法，使得他们不会弄错他们是这一脉子孙。

这样一来你就有点心跳了，昨天你雇来那打水洗衣服的不也是赵庄村来的，并且还姓吕！果然那土头土脑圆脸大眼的少年是个皇裔贵族，真是有失尊敬了。那么这村子一定穷不了，但事实上则不见得。

田亩一片，年年收成也不坏。家家户户门口有特种围墙，像个小小堡垒——当时防匪用的。屋子里面有大漆衣柜衣箱，柜门上白铜擦得亮亮；炕上棉被红红绿绿也颇鲜艳。可是据说关帝庙里已有四年没有唱戏了，虽然戏台还高巍巍地对着正殿。村子这几年穷了，有一位王孙告诉你，唱戏太花钱，尤其是上边使钱。这里到底是隔个窗子，你不懂了，一样年年好收成，为什么这几年村子穷了，只模模糊糊听到什么军队驻了三年多等，更不懂是，村子向上一年辛苦后的娱乐，关帝庙里唱唱戏，得上面使钱？既然隔个窗子听不明白，你就通气点别尽管问了。

隔着一个窗子你还想明白多少事？昨天雇来吕姓倒水，今天又学洋鬼子东逛西逛，跑到下面养有鸡羊，上面挂有武魁匾额的人家，让他们用你不懂得的乡音招呼你吃菜，炕上坐，坐了半天出到门口，和那送客的女人周旋客气了一回，才恍然大悟，她就是替你倒脏水洗衣裳的吕姓王孙的妈，前晚上还送饼到你家来过！

一首桃花

　　这里你迷糊了。算了算了！你简直老老实实地坐在你窗子里得了，窗子以外的事，你看了多少也是枉然，大半你是不明白也不会明白的。

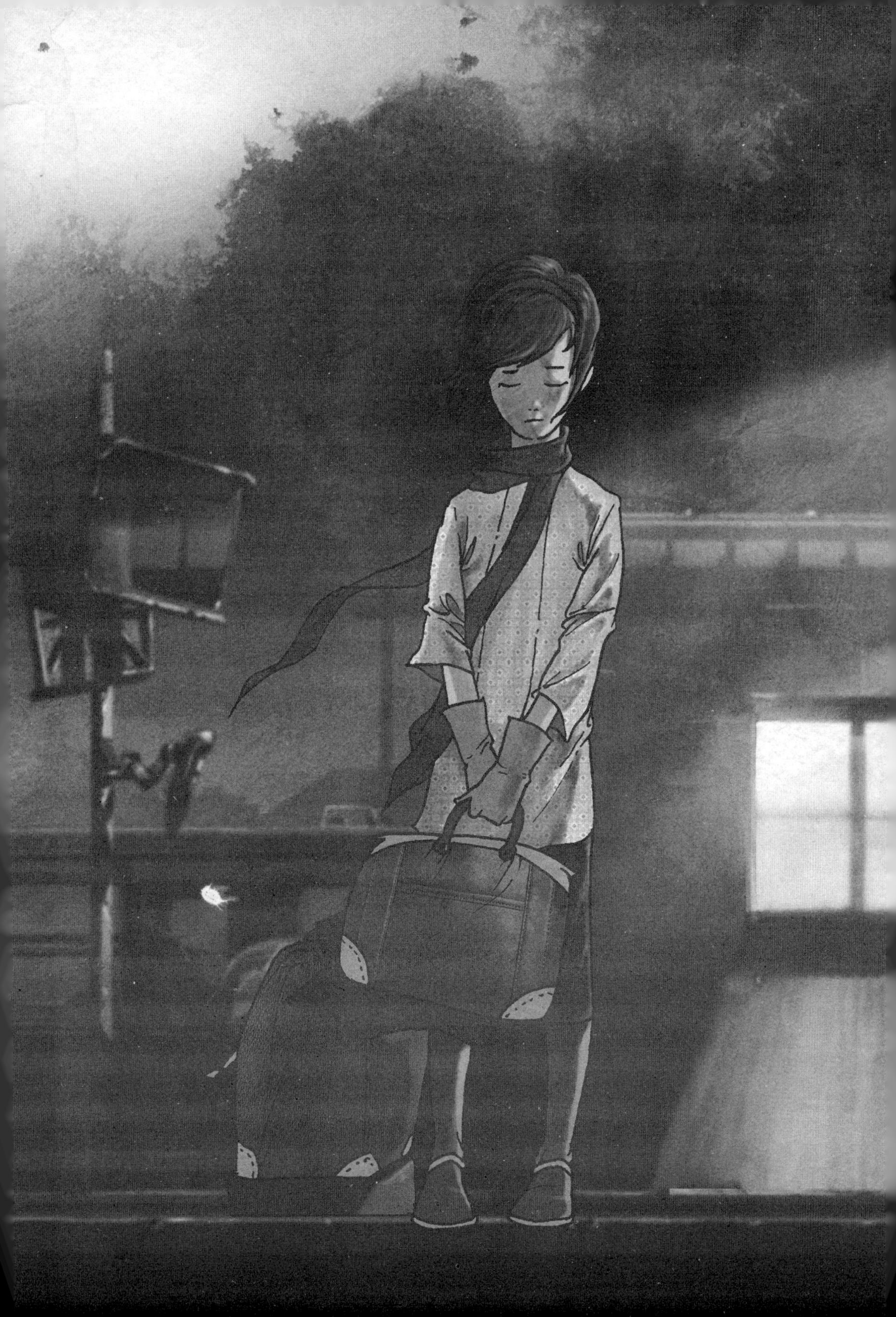

我想起你的：

火车擒住轨，在黑夜里奔
过山，过水，过……

如果那时候我的眼泪曾不自主地溢出睫外，
我知道你定会原谅我的。

林徽因

纪念志摩去世四周年

为纪念徐志摩去世四周年，作者及其朋友们不再像以前那样只是"完成一种纪念的形式"，而是采取了理性的方式来纪念他。面对有些人对徐志摩的"误解""曲解"乃至"谩骂"，作者勇敢地站出来，充分肯定了徐志摩对中国新诗兴起的成就和贡献，对徐志摩在新诗创作方面，敢于担当的品格和艺术造诣的进步作了实事求是的分析和肯定。

最后，告慰逝者，为了发展中国的新诗，朋友们将"设立一个'志摩奖金'"，以鼓励有志于新诗创作的文艺青年。这便是文中所透露出的对徐志摩的最好纪念。

一首桃花

今天是你走脱这世界的四周年！朋友，我们这次拿什么来纪念你？前两次的用香花感伤地围上你的照片，抑住嗓子底下叹息和悲哽，朋友和朋友无聊地对望着，完成一种纪念的形式，俨然是愚蠢的失败。因为那时那种近于伤感，而又不够宗教庄严的举动，除却点明了你和我们中间的距离，生和死的间隔外，实在没有别的成效；几乎完全不能达到任何真实纪念的意义。

去年今日我意外地由浙南路过你的家乡，在昏沉的夜色里我独立火车门外，凝望着那幽暗的站台，默默地回忆许多不相连续的过往残片，直到生和死间居然幻成一片模糊，人生和火车似的蜿蜒一串疑问在苍茫间奔驰。我想起你的：

　　火车擒住轨，在黑夜里奔
　　过山，过水，过……

如果那时候我的眼泪曾不自主地溢出睫外，我知道你定会原谅我的。你应当相信我不会向悲哀投降，什么时候我都相信倔强地忠于生的，即使人生如你底下所说：

　　就凭那精窄的两道，算是轨，
　　驮着这份重，梦一般的累坠！

就在那时候我记得火车慢慢地由站台拖出，一程一程地前进，我也随着酸怆的诗意，那"车的呻吟""过荒野，过池塘……过噤口的村庄"。到了第二站——我的一半家乡。

今年又轮到今天这一个日子！世界仍旧一团糟，多少地方是黑云布满着粗筋络往理想的反面猛进，我并不在瞎说，当我写：

信仰只一细炷香，
那点子亮再经不起西风
沙沙地隔着梧桐树吹

朋友，你自己说，如果是你现在坐在我这位子上，迎着这一窗太阳：眼看着菊花影在墙上描画作态；手臂下倚着两叠今早的报纸；耳朵里不时隐隐地听着朝阳门外"打靶"的枪弹声；意识的，潜意识的，要明白这生和死的谜，你又该写成怎样一首诗来，纪念一个死别的朋友？

此时，我却是完全的一个糊涂！习惯上我说，每桩事都像是造物的意旨，归根都是运命，但我明知道每桩事都有我们自己的影子在里面烙印着！我也知道每一个日子是多少机缘巧合凑拢来拼成的图案，但我也疑问其间的摆布谁是主宰。据我看来：死是悲剧的一章，生则更是一场悲剧的主干！我们这一群剧中的角色自身性格与性格矛盾；理智与情感两不相容；理想与现实当面冲

一首桃花

突，侧面或反面激成悲哀。日子一天一天向前转，昨日和昨日堆垒起来混成一片不可避脱的背景，做成我们周遭的墙壁或气氲，那么结实又那么缥缈，使我们每一人站在每一天的每一个时候里都是那么主要，又是那么渺小无能为！

　　此刻我几乎找不出一句话来说，因为，真的，我只是个完全的糊涂；感到生和死一样的不可解，不可懂。

　　但是我却要告诉你，虽然四年了你脱离去我们这共同活动的世界，本身停掉参加牵引事体变迁的主力，可是谁也不能否认，你仍立在我们烟涛渺茫的背景里，间接地是一种力量，尤其是在文艺创造的努力和信仰方面。间接地你任凭自然的音韵，颜色，不时的风轻月白，人的无定律的一切情感，悠断悠续地仍然在我们中间继续着生，仍然与我们共同交织着这生的纠纷，继续着生的理想。你并不离我们太远。你的身影永远挂在这里那里，同你生前一样的飘忽，爱在人家不经意时莅止，带来勇气的笑声也总是那么嘹亮，还有，还有经过你热情或焦心苦吟的那些诗，一首一首仍串着许多人的心旋转。

　　说到你的诗，朋友，我正要正经地同你再说一些话。你不要不耐烦。这话迟早我们总要说清的。人说盖棺论定，前者早已成了事实，这后者在这四年中，说来叫人难受，我还未曾读到一篇中肯或诚实的论评，虽然对你的赞美和攻讦由你去世后一两周间，就纷纷开始了。但是他们每人手里拿的都不像纯文艺的天平；有的喜欢你的为人，有的疑问你私人的道德；有的单单尊崇你诗中所表现的思想哲学，有的仅喜爱那些软弱的细致的句子，有的每发议论必须牵涉到你的个人生活之合乎规矩方圆，或断言你是轻薄，或引证你是浮奢豪侈！朋友，我知道你从不介意过这些，许多人的浅陋老实或刻薄处你早就领略过一堆，你不止未曾生过气，并且常常表现怜悯同原谅；你的心情永远是那么洁净；头老抬得那么高；胸中老是那么完整的诚挚；臂上老有那么许多不折不挠的勇气。但是现在的情形与以前却稍稍不同，你自己既已不在这里，做你朋友的，眼看着你被误解，曲解，乃至于谩骂，有时真忍不住替你不平。

　　但你可别误会我心眼儿窄，把不相干的看成重要，我也知道误解曲解谩骂，都是不相干的，但是朋友，我们谁都需要有人了解我们的时候，真了解了我们，即使是痛下针砭，骂着了我们的弱处错处，那整个的我们却因而更增添了意义，一个作家文艺的总成绩更需要一种就文论文，就艺术论艺术的和平判断。

　　你在《猛虎集》"序"中说"世界上再没有比写诗更惨的事"，你却并未说明为什么写诗是一桩惨事，现在让我来个注脚好不好？我看一个人一生为着一个愚诚的倾向，把所感受到的复杂的情绪尝味到的生活，放到自己的理想和信仰的锅炉里烧炼成几句悠扬铿锵的语言（哪怕是几声小唱），来满足他自己本能的艺术的冲动，这本来是个极寻常的事。哪一个地方哪一个时代，都

一首桃花

不断有这种人。轮着做这种人的多半是为着他情感来的比寻常人浓富敏锐，而为着这情感而发生的冲动更是非实际的——或不全是实际的——追求，而需要那种艺术的满足而已。说起来写诗的人的动机多么简单可怜，正是如你"序"里所说"我们都是受支配的善良的生灵"！虽然有些诗人因为他们的成绩特别高厚广阔包括了多数人，或整个时代的艺术和思想的冲动，从此便在人间披上神秘的光圈，使"诗人"两字无形中挂着崇高的色彩。这样使一般努力于用韵文表现或描画人在自然万物相交错时的情绪思想的，便被人的成见看作夸大狂的旗帜，需要同时代人的极冷酷地讥讪和不信任来扑灭它，以挽救人类的尊严和健康。

我承认写诗是惨淡经营，孤立在人中挣扎的勾当，但是因为我知道太清楚了，你在这上面单纯的信仰和诚恳的尝试，为同业者奋斗，卫护他们的情感的愚诚，称扬他们艺术的创造，自己从未曾求过虚荣，我觉得你始终是很逍遥舒畅的。如你自己所说："满头血水"，你"仍不曾低头"，你自己相信"一点性灵还在那里挣扎""还想在实际生活的重重压迫下透出一些声响来"。

简单地说，朋友，你这写诗的动机是坦白不由自主的，你写诗的态度是诚实，勇敢而倔强的。这在讨论你诗的时候，谁都先得明了的。

至于你诗的技巧问题，艺术上的造诣，在这新诗仍在彷徨歧路的尝试期间，谁也不能坚决地论断，不过有一桩事我很想提醒现在讨论新诗的人，新诗之由于无条件无形制宽泛到几乎没有一定的定义时代，转入这讨论外形内容，以至于音节韵脚章句意象组织等艺术技巧问题的时期，即是根据着对这方面努力尝试过的那一些诗，你的头两个诗集子就是供给这些讨论见解最多材料的根据。外国的土话说"马总得放在马车的前面"，不是？没有一些尝试的成绩放在那里，理论家是不能老在那里发一堆空头支票的，不是？

你自己一向不止在那里倔强地尝试用功，你还会用尽你所有活泼的热心鼓励别人尝试，鼓励"时代"起来尝试——这种工作是最犯风头嫌疑的，也只有你胆子大头皮硬顶得下来！我还记得你要印诗集子时我替你捏一把汗，老实说还替你在有文采的老前辈中间难为情过，我也记得我初听到人家找你办《晨报副刊》时我的焦急，但你居然板起个脸抓起两把鼓槌子为文艺吹打开路乃至于扫地，铺鲜花，不顾旧势力的非难，新势力的怀疑，你干你的事"事有人为，做了再说"那股子劲，以后别处也还很少见。

现在你走了，这些事渐渐在人的记忆中模糊下来，你的诗和文章也散漫在各小本集子里，压在有极新鲜的封皮的新书后面，谁说起你来，不是马马虎虎地承认你是过去中一个势力，就是拿

一首桃花

能够挑剔看轻你的诗为本事（散文人家很少提到，或许"散文家"没有诗人那么光荣，不值得注意），朋友，这是没法子的事，我却一点不为此灰心，因为我有我的信仰。

我认为我们这写诗的动机既如前面所说那么简单愚诚；因在某一时，或某一刻敏锐地接触到生活上的锋芒，或偶然地触遇到理想峰巅上云彩星霞，不由得不在我们所习惯的语言中，编缀出一两串近于音乐的句子来，慰藉自己，解放自己，去追求超实际的真美，读诗者的反应一定有一大半也和我们这写诗的一样诚实天真，仅想在我们句子中间由音乐性的愉悦，接触到一些生活的底蕴渗合着美丽的憧憬；把我们的情绪给他们的情绪搭起一座浮桥；把我们的灵感，给他们生活添些新鲜；把我们的痛苦伤心再揉成他们自己忧郁的安慰！

我们的作品会不会再长存下去，就看它们会不会活在那一些我们从来不认识的人，我们作品的读者，散在各时、各处互相不认识的孤单的人的心里的，这种事它自己有自己的定律，并不需要我们的关心的。你的诗据我所知道的，它们仍旧在这里浮沉流落，你的影子也就浓淡参差地系在那些诗句中，另一端印在许多不相识人的心里。朋友，你不要过于看轻这种间接的生存，许多热情的人他们会为着你的存在，而加增了生的意识的。伤心的仅是那些你最亲热的朋友们和同兴趣的努力者，你不在他们中间的事实，将要永远是个不能填补的空虚。

你走后大家就提议要为你设立一个"志摩奖金"来继续你鼓励人家努力诗文的素志，勉强象征你那种对于文艺创造拥护的热心，使不及认得你的青年人永远对你保存着亲热。如果这事你不觉到太寒伧不够热气，我希望你原谅你这些朋友们的苦心，在冥冥之中笑着给我们勇气来做这一些蠢诚的事吧。

蛛丝和梅花

　　蛛丝牵搭在梅花上，这个常人不以为然的情景，却让作者产生了无限的想象。文章从审美的角度，很文学地剖析了人的情绪对自然物的寄托所表达出的情感，而不同的人又有不同的表达方式，男女老少，甚至不同地域的人，均有不同的审美价值取向。

　　我们还是阅读文章吧，循着作者的思路，看一看，蛛丝牵到梅花上，到底牵出了她怎样的想象。

真真地就是那么两根蛛丝,由门框边轻轻地牵到一枝梅花上。就是那么两根细丝,迎着太阳光发亮……再多了,那还像样吗?一个摩登家庭如何能容蛛网在光天白日里作怪,管它有多美丽,多玄妙,多细致,够你对着它联想到一切自然,造物的神工和不可思议处;这两根丝本来就该使人脸红,且在冬天够多特别!可是亮亮的,细细的,倒有点像银,也有点像玻璃制的细丝,委实不算讨厌,尤其是它们那么洒脱风雅,偏偏那样有意无意地斜着搭在梅花的枝梢上。

你向着那丝看,冬天的太阳照满了屋内,窗明几净,每朵含苞的,开透的,半开的梅花在那里挺秀吐香,情绪不禁迷茫缥缈地充溢心胸,在那刹那的时间中振荡。同蛛丝一样的细弱,和不必需,思想开始抛引出去:由过去牵到将来,意识的,非意识的,由门框梅花牵出宇宙,浮云沧波踪迹不定。是人性,艺术,还是哲学,你也无暇计较,你不能制止你情绪的充溢,思想的驰骋,蛛丝梅花竟然是瞬息可以千里!

好比你是蜘蛛,你的周围也有你自织的蛛网,细致地牵引着天地,不怕多少次风雨来吹断它,你不会停止了这生命上基本的活动。此刻"……一枝斜好,幽香不知甚处……"

拿梅花来说吧,一串串丹红的结蕊缀在秀劲的傲骨上,最可爱,最可赏,等半绽将开地错落在老枝上时,你便会心跳!梅花最怕开;开了便没话说。索性残了,沁香拂散同夜里炉火都能成

一首桃花

了一种温存的凄清。

记起了，也就是说到梅花，玉兰。初是有个朋友说起初恋时玉兰刚开完，天气每天的暖，住在湖旁，每夜跑到湖边林子里走路，又静坐幽僻石上看隔岸灯火，感到好像仅有如此虔诚地孤对一片泓碧寒星远巾，才能把心里情绪抓紧了，放在最可靠最纯净的一撮思想里，始不至亵渎了或是惊着那"寤寐思服"的人儿。那是极年轻的男子初恋的情景——对象渺茫高远，反而近求"自我的"郁结深浅——他问起少女的情绪。

就在这里，忽记起梅花。一枝两枝，老枝细枝，横着，虬着，描着影子，喷着细香；太阳淡淡金色地铺在地板上；四壁琳琅，书架上的书和书签都像在发出言语；墙上小对联记不得是谁的集句；中条是东坡的诗。你敛住气，简直不敢喘息，踮起脚，细小的身形嵌在书房中间，看残照当窗，花影摇曳，你像失落了什么，有点迷惘。又像"怪东风着意相寻"，有点儿没主意！浪漫，极端的浪漫。"飞花满地谁为扫？"你问，情绪风似的吹动，卷过，停留在惜花上面。再回头看看，花依旧嫣然不语。"如此娉婷，谁人解看花意，"你更沉默，几乎热情地感到花的寂寞，开始怜花，把同情统统诗意地交给了花心！

这不是初恋，是未恋，正自觉"解看花意"的时代。情绪的不同，不止是男子和女子有分别，东方和西方也甚有差异。情绪即使根本相同，情绪的象征，情绪所寄托，所栖止的事物却常常不同。

水和星子同西方情绪的联系,早就成了习惯。一颗星子在蓝天里闪,一流冷涧倾泄一片幽愁的平静,便激起他们诗情的波涌,心里甜蜜地,热情地便唱着由那些鹅羽的笔锋散下来的"她的眼如同星子在暮天里闪",或是"明丽如同单独的那颗星,照着晚来的天",或"多少次了,在一流碧水旁边,忧愁倚下她低垂的脸"。

惜花,解花太东方,亲昵自然,含着人性的细致是东方传统的情绪。

此外年龄还有尺寸,一样是愁,却跃跃似喜,十六岁时的,微风零乱,不颓废,不空虚,踮着理想的脚充满希望,东方和西方却一样。人老了脉脉烟雨,愁吟或牢骚多折损诗的活泼。大家如香山,稼轩,东坡,放翁的白发华发,很少不梗在诗里,至少是令人不快。话说远了,刚说是惜花,东方老少都免不了这嗜好,这倒不论老的雪鬓曳杖,深闺里也就攒眉千度。

最叫人惜的花是海棠一类的"春红",那样娇嫩明艳,开过了残红满地,太招惹同情和伤感。但在西方即使也有我们同样的花,也还缺乏我们的廊庑庭院。有了"庭院深深深几许"才有一种庭院里特有的情绪。如果李易安的"斜风细雨"底下不是"重门须闭"也就不"萧条"得那样深沉可爱;李后主的"终日谁来"也一样的别有寂寞滋味。看花更须庭院,深深锁在里面认识,不时还得有轩窗栏杆,给你一点凭藉,虽然也用不着十二栏杆倚遍,那么慵弱无聊。

一首桃花

  当然旧诗里伤愁太多；一首诗竟像一张美的证券，可以照着市价去兑现！所以庭花，乱红，黄昏，寂寞太滥，诗常失却诚实。西洋诗，恋爱总站在前头，或是"忘掉"，或是"记起"，月是为爱，花也是为爱，只使全是真情，也未尝不太腻味。就以两边好的来讲。拿他们的月光同我们的月色比，似乎是月色滋味深长得多。花更不用说了；我们的花"不是预备采下缀成花球，或花冠献给恋人的"，却是一树一树绰约的，个性的，自己立在情人的地位上接受恋歌的。

  所以未恋时的对象最自然的是花，不是因为花而起的感慨——十六岁时无所谓感慨——仅是刚说过的自觉解花的情绪，寄托在那清丽无语的上边，你心折它绝韵孤高，你为花动了感情，实说你同花恋爱，也未尝不可——那惊讶狂喜也不减于初恋。还有那凝望，那沉思……

  一根蛛丝！记忆也同一根蛛丝，搭在梅花上就由梅花枝上牵引出去，虽未织成密网，这诗意的前后，也就是相隔十几年的情绪的联络。

  午后的阳光仍然斜照，庭院阒然，离离疏影，房里窗棂和梅花依然伴和成为图案，两根蛛丝在冬天还可以算为奇迹，你望着它看，真有点像银，也有点像玻璃，偏偏那么斜挂在梅花的枝梢上。

《文艺丛刊·小说》选题记

本文是作者对所选编的短篇小说集作的题记，即编辑手记。作者从整体上对集子中的小说作了成败得失的分析，谈了自己的感想。

文章写得很诚恳，告诉读者这本小说集有它进步的地方，也有不成功的方面。这一方面是提醒读者阅读时注意，更多的是"刺激作家们"，鼓励他们应有个性地创作，拿出更高水平的作品来。

我们阅读这篇文章，应该把握住这些内容：一是作者指出了这本集子哪几方面的不足，作者认为产生这些不足的原因是什么；二是作者肯定了集子中作品哪些方面比以前进步了；三是"作品最主要处是诚实"，作者这里讲的"诚实"反映在小说创作上指的是什么。

一首桃花

　　《大公报·文艺副刊》出了一年多，现在要将这第一年中属于创造的短篇小说提出来，选出若干篇，印成单行本供给读者更方便地阅览。这个工作的确该使认真的作者和读者两方面全都高兴。

　　这里篇数并不多，人数也不多，但是聚在一个小小的选集里也还结实饱满，拿到手里可以使人充满喜悦的希望。

　　我们不怕读者读过了以后，这燃起的希望或者又会黯下变成失望。因为这失望竟许是不可免的，如果读者对创造界诚恳地抱着很大的理想，心里早就叠着不平常的企望。但只要是读者诚实的反应，我们都不害怕。因为这里是一堆作者老实的成绩，合起来代表一年中创造界一部分的试验，无论拿什么标准来衡量它，断定它的成功或失败，谁也没有一句话说的。

　　现在姑且以编选人对这多篇作品所得的感想来说，供读者浏览评阅这本选集时一种参考，简单的就是底下的一点意见。

　　如果我们取鸟瞰的形势来观察这个小小的局面，至少有一个最显著的现象展在我们眼下。在这些作品中，在题材的选择上似乎有个很偏的倾向：那就是趋向农村或少受教育分子或劳力者的生活描写。这倾向并不偶然，说好一点，是我们这个时代对于他们——农人与劳力者——有浓重的同情和关心；说坏一点，是一种盲从趋时的现象。但最公平的说，还是上面的两个原因都有一点关系。描写劳工社会，乡村色彩已成一种风气，且在文艺界也已有一点成绩。初起的作家，或个性不强烈的作家，就容易不自觉的，因袭种种已有眉目的格调下笔。尤其是在我们这时代，青年作家都很难过自己在物质上享用，优越于一般少受教育的民众，便很自然地要认识乡村的穷苦，对偏僻的内地发生兴趣，反倒撇开自己所熟识的生活不写。拿单篇来讲，许多都写得好，还有些特别写得精彩的。但以创造界全盘试验来看，这种偏向表示贫弱，缺乏创造力量。并且为良心的动机而写作，那作品的艺术成分便会发生疑问。我们希望选集在这一点上可以显露出这种创造力的缺乏，或艺术性的不纯真，刺激作家们自己更有个性，更热诚地来刻画这多面错综复杂的人生，不拘泥于任何一个角度。

除却上面对题材的偏向以外，创造文艺的认真却是毫无疑问的。前一时代在流畅文字的烟幕下，刻薄地以讽刺个人博取流行幽默的小说，现已无形地摈出努力创造者的门外，衰灭下去几至绝迹。这个情形实在也值得我们作者和读者额手相庆的好现象。

在描写上，我们感到大多数所取的方式是写一段故事，或以一两人物为中心，或以某地方一桩事发生的始末为主干，单纯地发展与结束。这也是比较薄弱的手法。这个我们疑惑或是许多作者误会了短篇的限制，把它的可能性看得过窄的缘故。生活大胆的断面，这里少有人尝试，剖示贴己生活的矛盾也无多少人认真地来做。这也是我们中间一种遗憾。

至于关于这里短篇技巧的水准，平均的程度，编选人却要不避嫌疑地提出请读者注意。无疑的，在结构上，在描写上，在叙

一首桃花

事与对话的分配上，多数作者已有很成熟自然地运用。生涩幼稚和冗长散漫的作品，在新文艺早期中毫无愧色地散见于各种印刷物中，现在已完全敛迹。通篇的连贯，文字的经济，着重点的安排，颜色图画的鲜明，已成为极寻常的标准。在各篇中我们相信读者一定还不会不觉察到那些好处的；为着那些地方就给了编选人以不少愉快和希望。

最后如果不算离题太远，我们还要具体地讲一点我们对于作者与作品的见解。作品最主要处是诚实。诚实的重要还在题材的新鲜，结构的完整，文字的流丽之上。即是作品需诚实于作者客观所明了，主观所体验的生活。小说的情景即使整个是虚构的，内容的情感却全得藉力于迫真的，体验过的情感，毫不能用空洞虚假来支持着伤感的"情节"！所谓诚实并不是作者必需实际的经过在作品中所提到的生活，而是凡在作品中所提到的生活，的确都是作者在理智上所极明了，在感情上极能体验得出的情景或人性。许多人因是自疚生活方式不新鲜，而故意地选择了一些特殊浪漫，而自己并不熟识的生活来做题材，然后敲诈自己有限的幻想力去铺张出自己所没有的情感，来骗取读者的同情。这种创造既浪费文字来夸张虚伪的情景和伤感，那些认真的读者要从文艺里充实生活认识人生的，自然要感到十分的不耐烦和失望的。

生活的丰富不在生存方式的种类多与少，如做过学徒，又拉过洋车，去过甘肃又走过云南，却在客观的观察力与主观的感觉力同时的锐利敏捷，能多面地明了及尝味所见、所听、所遇，种种不同的情景；还得理会到人在生活上互相的关系与牵连；固定的与偶然的中间所起戏剧式的变化；最后更得有自己特殊的看法及思想，信仰或哲学。

一个生活丰富者不在客观的见过若干事物，而在能主观的能激发很复杂，很不同的情感，和能够同情于人性的许多方面的人。

所以一个作者，在运用文字的技术学问外，必需是能立在任何生活上面，能在主观与客观之间，感觉和了解之间，理智上进退有余，情感上横溢奔放，记忆与幻想交错相辅，到了真即是假，假即是真的程度，他的笔下才现着活力真诚。他的作品才会充实伟大，不受题材或文字的影响，而能持久普遍的动人。

这些道理，读者比作者当然还要明白点，所以作品的估价永远操在认真的读者手里，这也是这个选集不得不印书，献与它的公正的评判者的一个原因。

究竟怎么一回事

　　本文中，作者对写诗是怎么一回事这一命题，从自己的实践和认识的基础上阐述了看法，概括地说就是：潜意识的情感活动，对客观意象的情感提炼，理智的剖析感悟，当情感、意象、感悟交互融合时，然后行诸文字，表达出内心的意象、情绪、理解等感情波澜。

　　或许，当时对写诗究竟是怎么一回事，众说纷纭，莫衷一是。所以，最后作者对这一问题也只能说"惟有天知道得最清楚"，而本文所述只是"一个极不能令人满意的答案"。

写诗究竟是怎么一回事？

写诗，或可说是要抓紧一种一时闪动的力量，一面跟着潜意识浮沉，摸索自己内心所萦回，所着重的情感——喜悦，哀思，忧怨，恋情，或深，或浅，或缠绵，或热烈，又一方面顺着直觉，认识，辨味，在眼前或记忆里官感所触遇的意象——颜色，形体，声音，动静，或细致，或亲切，或雄伟，或诡异；再一方面又追着理智探讨，剖析，理会这些不同的性质，不同分量，流转不定的情感意象所互相融会，交错策动而发生的感念；然后以语言文字（运用其声音意义）经营，描画，表达这内心意象，情绪，理解在同时间或不同时间里，适应或矛盾的所共起的波澜。

写诗，或又可说是自己情感的，主观的，所体验了解到的；和理智的客观的所体察辨别到的，同时达到一个程度，腾沸横溢，不分宾主地互相起了一种作用，由于本能的冲动，凭着一种天赋的兴趣和灵巧，驾驭一串有声音，有图画，有情感的言语，来表现这内心与外物息息相关的联系，及其所发生的悟理或境界。

写诗，或又可以说是若不知其所以然的，灵巧的，诚挚的，在传译给理想的同情者，自己内心所流动的情感穿过繁复的意象时，被理智所窥探而由直觉与意识分着记取的符录！一方面似是惨淡经营——至少是专诚致意，一方面似是藉力于平时不经意的准备，"下笔有神"的妙手偶然拾来；忠于情感，又忠于意象，更忠于那一串刹那内心整体闪动的感悟。

一首桃花

  写诗，或又可说是经过若干潜意识的酝酿，突如其来的，在生活中意识到那么凑巧的一顷刻小小时间；凑巧的，灵异的，不能自已的，流动着一片浓挚或深沉的情感，敛聚着重重繁复演变的情绪，更或凝定入一种单纯超卓的意境，而又本能地迫着你要刻画一种适合的表情。这表情积极的，像要流泪叹息或歌唱欢呼，舞蹈演述；消极的，又像要幽独静处，沉思自语。换句话说，这两者合一，便是一面要天真奔放，热情地自白去邀同情和了解，同时又要寂寞沉默，孤僻地自守来保持悠然自得的完美和严肃！

  在这一个凑巧的一顷刻小小时间中（着重于那凑巧的），你的所有直觉，理智，官感，情感，记性和幻想，独立的及交互的都迸出它们不平常的锐敏，紧张，雄厚，壮阔及深远。在它们潜意识的流动——独立的或交互的融会之间——如出偶然而又不可避免地涌上一闪感悟，和情趣——或即所谓灵感——或是亲切的对自我得失悲欢；或辽阔的对宇宙自然；或智慧的对历史人性。这一闪感悟或是混沌朦胧，或是透彻明晰。像光同时能照耀洞察，又能揣摩包含你的所有已经尝味，还在尝味，及幻想尝味的"生"的种种形色质量，且又活跃着其间错综重叠于人于我的意义。

  这感悟情趣的闪动——灵感的脚步——来得轻时，好比潺潺清水婉转流畅，自然的洗涤，浸润一切事物情感，倒影映月，梦残歌罢，美感的旋起一种超实际的权衡轻重，可抒成慷慨缠绵千行的长歌，可留下如幽咽微叹般的三两句诗词。愉悦的心声，轻灵的心画，常如啼鸟落花，轻风满月，夹杂着情绪的缤纷；泪痕巧笑，奔放轻盈，若有意若无意地遗留在各种言语文字上。

但这感悟情趣的闪动，若激越澎湃来得强时，可以如一片惊涛飞沙，由大处见到纤微，由细弱的物体看它变动，宇宙人生，幻若苦迷。一切又如经过烈火燃烧锤炼，分散，减化成为净纯的茫焰气质，升处所有情感意象于空幻，神秘，变移无定，或不减不变绝对，永恒的玄哲境域里去，卓越隐奥，与人性情理遥远的好像隔成距离。身受者或激昂通达，或禅寂淡远，将不免挣扎于超情感，超意象，乃至于超言语，以心传心的创造。隐晦迷离，如禅偈玄诗，便不可制止地托生在与那幻想境界几不适宜的文字上，估定其生存权。

写诗……

总而言之，天知道究竟写诗是怎么一回事。在写诗的时候，或者是"我知道，天知道"；到写了之后，最好学Browning不避嫌疑的自讥的，只承认"天知道"，天下关于写诗的笔墨官司便都省了。

我们仅听到写诗人自己说一阵奇异的风吹过，或是一片澄清的月色，一个惊讶，一次心灵的振荡，便开始他写诗的尝试，迷于意境文字音乐的搏斗，但是究竟这灵异的风和月，心灵的振荡和惊讶是什么？是不是仍为那可以追踪到内心直觉的活动；到潜意识后面那综错交流的情感与意象；那意识上理智的感念思想；

一首桃花

以及要求表现的本能冲动？灵异的风和月所指的当是外界的一种偶然现象，同时却也是指它们是内心活动的一种引火线。诗人说话没有不打比喻的。

我们根本早得承认诗是不能脱离象征比喻而存在的。在诗里情感必依附在意象上，求较具体的表现；意象则必须明晰地或沉着地，恰适地烘托情感，表征含义。如果这还需要解释，常识的，我们可以问：在一个意识的或直觉的，官感，情感，理智，同时并重的一个时候，要一两句简约的话来代表一堆重叠交错的外象和内心情绪思想所发生的微妙的联系，而同时又不失却原来情感的质素分量，是不是容易或可能的事？一个比喻或一种象征在字面或事物上可以极简单，而同时可以带着字面事物以外的声音颜色形状，引起它们与其他事关系的联想。这个办法可以多方面地来辅助每句话确实的含义，而又加增官感情感理智每方面的刺激和满足，道理甚为明显。

无论什么诗都从不会脱离过比喻象征，或比喻象征式的言语。诗中意象多不是寻常纯客观的意象。诗中的云霞星宿，山川草木，常有人性的感情，同时内心人性的感触反又变成外界的体象，虽简明浅现隐奥繁复各有不同的。但是诗虽不能缺乏比喻象征，象征比喻却并不是诗。

诗的泉源，上面已说过，是意识与潜意识的融会交流错综的情感意象和概念所促成；无疑地，诗的表现必是一种形象情感思想合一的语言。但是这种语言，不能仅是语言，它又须是一种类似动作的表情，这种表情又不能只是表情，而须是一种理解概念的传达。它同时须不断传译情感，描写现象诠释感悟。它不是形体而须创造形体颜色；它是音声，却最多仅要留着长短节奏。最要紧地是按着疾徐高下，和有限的铿锵音调，依附着一串单独或相联的字义上边；它须给直觉意识，情感理智，以整体的快惬。

因为相信诗是这样繁难的一列多方面条件的满足，我们不能不怀疑到纯净意识的，理智的，或可以说是"技术的"创造——或所谓"工"之绝无能为。诗之所以发生，就不叫它做灵感的来临，主要的亦在那一闪力量突如其来，或灵异的一刹那的"凑巧"，将所有繁复的"诗的因素"都齐集荟萃于一俄顷偶然的时间里。所以诗的创造或完成，主要亦当在那灵异的，凑巧的，偶然的活动一部分属意识，一部分属直觉，更多一部分属潜意识的，所谓"不以文而妙"的"妙"。理智情感，明晰隐晦都不失之过偏。意象瑰丽迷离，转又朴实平淡，像是纷纷纭纭不知所从来，但飘忽中若有必然的缘素可寻，理解玄奥繁难，也像是纷纷纭纭莫明所以。但错杂里又是斑驳分明，情感穿插联系其中，若有若无，给草木气候，给热情颜色。一首好诗在一个会心的读者前边有时真会是一个奇迹！但是伤感流丽，铺张的意象，涂饰的情感，用人工连缀起来，疏忽地看去，也未尝不像是诗。故作玄奥渊博，颠倒意象，堆砌起重重理喻的诗，也可以赫然惊人一下。

一首桃花

　　写诗究竟是怎么一回事，真是唯有天知道得最清楚！读者与作者，读者与读者，作者与作者关于诗的意见，历史告诉我传统的是要永远地差别分歧，争争吵吵到无尽时。因为老实地说，谁也仍然不知道写诗是怎么一回事的，除却这篇文字所表示的，勉强以抽象的许多名词，具体的一些比喻来捉摸描写那一种特殊的直觉活动，献出一个极不能令人满意的答案。

彼 此

"卢沟桥事变"后,作者一家为避战祸,来到了昆明。1938年,有朋友也到了昆明,与他们一家会合。1939年2月5日,作者发表了此文。

本文主基调显得苍凉悲壮而又充满自信。日寇入侵,国难当头,想想国家陷入了战争的迷惘中,人们对平时不太关注的尘土与血、生与死,都有了切身的认识。在这种状况下,朋友相见,彼此不必述说自己的特殊经历,只需点点头笑笑来体现"我们"的毅力。当时,大家都处于民族存亡的背景之中,关键是每一个人都应该要有信念和信心,凝聚力量,万众一心抗击异族入侵者。

一首桃花

朋友又见面了，点点头笑笑，彼此晓得这一年不比往年，彼此是同增了许多经验。个别地说，这时间中每一人的经历虽都有特殊的形相，含着特殊的滋味，需要个别的情绪来分析来描述。

综合地说，这许多经验却是一整片仿佛同式同色，同大小，同分量的迷惘。你触着那一角，我碰上这一头，归根还是那一片迷惘笼罩着彼此。七月！——这两字就如同史歌的开头那么有劲——八月，九月带来了那狂风，后来。后来过了年——那无法忘记的除夕！——又是那一月，二月，三月，到了七月，再接再厉的又到了年夜。现在又是一月二月在开始……谁记得最清楚，这串日子是怎样地延续下来，生活如何地变？想来彼此都不会记得过分清晰，一切都似乎在迷离中旋转，但谁又会忘掉那么切肤的重重忧患的网膜？

经过炮火或流浪的洗礼，变换又变换的日月，难道彼此脸上没有一点记载这经验的痕迹？但是当整一片国土纵横着创痕，大家都是"离散而相失……去故乡而就远"，自然"心婵媛而伤怀兮，眇不知其所蹠（zhí）"，脸上所刻那几道并不使彼此惊讶，所以还只是笑笑好。口角边常添几道酸甜的纹路，可以帮助彼此咀嚼生活。何不默认这一点：在迷惘中人最应该有笑，这种的笑，虽然是敛住神经，敛住肌肉，仅是毅力的后背，它却是必需的，如同保护色对于许多生物，是必需的一样。

那一晚在××江心，某一来船的甲板上，热臭的人丛中，他记起他那时的困顿饥渴和狼狈，旋绕他头上的却是那真实倒如同幻象，幻象又成了真实的狂敌杀人的工具，敏捷而近代型的飞机：美丽得像鱼像鸟……这里黯然的一掬笑是必需的，因为同样的另外一个人懂得那原始的骤然唤起纯筋肉反射作用的恐怖。他也正在想那时他在××车站台上露宿，天上有月，左右有人，零落如同被风雨摧落后的落叶，瑟索地蜷伏着，他们心里都在回味那一天他们所初次尝到的敌机的轰炸！谈话就可以这样无限制的延长，因为现在都这样的记忆——比这样更辛辣苦楚的——在各人心里真是太多了！随便提起一个地名大家所熟悉的都会或商埠，随着全会涌起怎样的一个最后印象！

　　再说初入一个陌生城市的一天——这经验现在又多普遍——尤其是在夜间，这里就把个别的情形和感触除外，在大家心底曾留下的还不是一剂彼此都熟识的清凉散？苦里带涩，那滋味侵入脾胃时，小小的冷噤会轻轻在背脊上爬过，用不着丝毫锐性的感伤！也许他可以说他在那夜进入某某城内时，看到一列小店门前凄惶的灯，黄黄的发出奇异的晕光，使他嗓子里如梗着刺，感到一种发紧的触觉。你所记得的却是某一号车站后面黯白的煤汽灯射到陌生的街心里，使你心里好像失落了什么。

　　那陌生的城市，在地图上指出时，你所经过的同他所经过的也可以有极大的距离，你同他当时的情形也可以完全的不相同。但是在这里，个别的异同似乎非常之不相干；相干的仅是你我会

一首桃花

彼此点头，彼此会意，于是也会彼此地笑笑。

七月在芦沟桥与敌人开火以后，纵横中国土地上的脚印密密地衔接起来，更加增了中国地域广漠的证据。每个人参加过这广漠地面上流转的大韵律的，对于尘土和血，两件在寻常不多为人所理会的，极寻常的天然质素，现在每人在他个别的角上，对它们都发生了莫大亲切的认识。每一寸土，每一滴血，这种话，已是可接触，可把持的十分真实的事物，不仅是一句话一个"概念"而已。

在前线的前线，兴奋和疲劳已掺拌着尘土和血另成一种生活的形体魂魄。睡与醒中间，饥与食中间，生和死中间，距离短得几乎不存在！生活只是一股力，死亡一片沉默的恨，事情简单得无可再简单。尚在生存着的，继续着是力，死去的也继续着堆积成更大的恨。恨又生力，力又变恨，惘惘地却勇敢地循环着，其他一切则全是悬在这两者中间悲壮热烈地穿插。

在后方，事情却没有如此简单，生活仍然缓弛地伸缩着；食宿生死间距离恰像黄昏长影，长长的，尽向前引伸，像要扑入夜色，同夜溶成一片模糊。在日夜宽泛的循回里于是穿插反更多了，真是天地无穷，人生长勤。生之穿插零乱而琐屑，完全无特殊的色泽或轮廓，更不必说英雄气息壮烈成分。斑斑点点仅像小血锈凝在生活上，在你最不经意中烙印生活。如果你有志不让生活在小处窳（yǔ）败，逐渐减损，由锐而钝，由张而弛，你就得更感谢那许多极平常而琐碎的磨擦，无日无夜地透过你的神经，肌肉或意识。这种时候，叹息是悬起了，因一切虽然细小，却绝非从前所熟识的感伤。每件经验都有它粗壮的真实，没有叹息的余地。口边那酸甜的纹路是实际哀乐所刻画而成，是一种坚忍韧性的笑。因为生活既不是简单的火焰时，它本身是很沉重，需要韧性地支持，需要产生这韧性支持的力量。

现在后方的问题，是这种力量的源泉在哪里？决不凭着平日均衡的理智——那是不够的，天知道！尤其是在这时候，情感就在皮肤底下"踊跃其若汤"，似乎它所需要的是超理智的冲动！现在后方被缓的生活，紧的情感，两面磨擦得愁郁无快，居戚戚而不可解，每个人都可以苦恼而又热情地唱"终长夜之曼曼兮，掩此哀而不去"，或"宁溘死而流亡兮，不忍为此之常愁！"支持这日子的主力在哪里呢？你我生死，就不检讨它的意义以自大。也还需要一点结实的凭借才好。

我认得有个人，很寻常地过着国难日子的寻常人，写信给他朋友说，他的嗓子虽然总是那么干哑，他却要哑着嗓子私下告诉他的朋友：他感到无论如何在这时候，他为这可爱的老国家带着血活着，或流着血或不流着血死去，他都觉到荣耀，异于寻常的，他现在对于生与死都必然感到满足。这话或许可以在许多心弦上叩起回响，我常思索这简单朴实的情感是从哪里来的。信念？像一道泉流透过意识，我开始明了理智同热血的冲动以外，还有个纯真的力量的出处。信心产生力量，又可储蓄力量。

一首桃花

  信仰坐在我们中间多少时候了，你我可曾觉察到？信仰所给予我们的力量不也正是那坚忍韧性的倔强？我们都相信，我们只要都为它忠贞地活着或死去，我们的大国家自会永远地向前迈进，由一个时代到又一个时代。我们在这生是如此艰难，死是这样容易的时候，彼此仍会微笑点头的缘故也就在这里吧？现在生活既这样的彼此患难同味，这信心自是，我们此时最主要的联系，不信你问他为什么仍这样硬朗地活着，他的回答自然也是你的回答，如果他也问你。

  信仰坐在我们中间多少时候了？那理智热情都不能代替的信心！

  思索时许多事，在思流的过程中，总是那么晦涩，明了时自己都好笑所想到的是那么简单明显的事实！此时我拭下额汗，差不多可以意识到自己口边的纹路，我尊重着那酸甜的笑，因为我明白起来，它是力量。

  话不用再说了，现在一切都是这么彼此，这么共同，个别的情绪这么不相干。当前的艰苦不是个别的，而是普遍的，充满整一个民族，整一个时代！我们今天所叫作生活的，过后它便是历史。客观的无疑我们彼此所熟识的艰苦正在展开一个大时代。所以别忽略了我们现在彼此地点点头。且最好让我们共同酸甜的笑纹，有力地，坚韧地，横过历史。

一片阳光

这是一篇美文，同时又不乏作者对美的体验和艺术创作的真知灼见。

初春的阳光射入屋内，让作者感到美，并勾起了儿时同样经历的记忆，由此展开叙述。文中穿插了作者对艺术创作的看法：只有"反映在人性上"的自然物才能产生美感；人的感觉和情感作用于自然物，才能产生艺术作品和人类文化。我们应该放飞心灵，驰骋想象，把握住自己的情感活动，才会得到美的享受和艺术体验，甚至带来艺术创作的冲动。这也就是一片阳光之所以美的原因所在。

一首桃花

  放了假，春初的日子松弛下来。将午未午时候的阳光，澄黄的一片，由窗棂横浸到室内，晶莹地四处射。我有点发怔，习惯地在沉寂中惊讶我的周围。我望着太阳那湛明的体质，像要辨别它那交织绚烂的色泽，追逐它那不着痕迹的流动。看它洁净地映到书桌上时，我感到桌面上平铺着一种恬静，一种精神上的豪兴，情趣上的闲逸；即或所谓"窗明几净"，那里默守着神秘的期待，漾开诗的气氛。那种静，在静里似可听到那一处琤琮的泉流，和着仿佛是断续的琴声，低诉着一个幽独者自误的音调。看到这同一片阳光射到地上时，我感到地面上花影浮动，暗香吹拂左右，人随着晌午的光霭花气在变幻，那种动，柔谐婉转有如无声音乐，令人悠然轻快，不自觉地脱落伤愁。至多，在舒扬理智的客观里使我偶一回头，看看过去幼年记忆步履所留的残迹，有点儿惋惜时间；微微怪时间不能保存情绪，保存那一切情绪所曾流连的境界。

  倚在软椅上不但奢侈，也许更是一种过失，有闲的过失。但东坡的辩护："懒者常似静，静岂懒者徒"，不是没有道理。如果此刻不倚榻上而"静"，则方才情绪所兜的小小圈子便无条件地失落了去！人家就不可惜它，自己却实在不能不感到这种亲密的损失的可哀。

  就说它是情绪上的小小旅行吧，不走并无不可，不过走走未始不是更好。归根说，我们活在这世上到底最珍惜一些什么？

果真珍惜万物之灵的人的活动所产生的种种，所谓人类文化？这人类文化到底又靠一些什么？我们怀疑或许就是人身上那一撮精神同机体的感觉，生理心理所共起的情感，所激发出的一串行为，所聚敛的一点智慧——那么一点点人之所以为人的表现。宇宙万物客观的本无所可珍惜，反映在人性上的山川草木禽兽才开始有了秀丽，有了气质，有了灵犀。反映在人性上的人自己更不用说。没有人的感觉，人的情感，即便有自然，也就没有自然的美，质或神方面更无所谓人的智慧，人的创造，人的一切生活艺术的表现！这样说来，谁该鄙弃自己感觉上的小小旅行？为壮壮自己的胆子，我们更该相信唯其人类有这类情绪的驰骋，实际的世间才赓续着产生我们精神所寄托的文物精萃。

此刻我竟可以微微一咳嗽，乃至于用播音的圆润口调说：我们既然无疑地珍惜文化，即尊重盘古到今种种的艺术——无论是抽象的思想的艺术，或是具体的驾驭天然材料另创的非天然形象——则对于艺术所由来的渊源，那点点人的感觉，人的情感智慧（通称人的情绪），又当如何地珍惜才算合理？

但是情绪的驰骋，显然不是诗或画或任何其他艺术建造的完成。这驰骋此刻虽占了自己生活的若干时间，却并不在空间里占任何一个小小位置！这个情形自己需完全明了。此刻它仅是一种无踪迹的流动，并无栖身的形体。它或含有各种或可捉摸的质素，但是好奇地探讨这个质素而具体要表现它的差事，无论其有

一首桃花

无意义，除却本人外，别人是无能为力的。我此刻为着一片清婉可喜的阳光，分明自己在对内心交流变化的各种联想发生一种兴趣的注意，换句话说，这好奇与兴趣的注意已是我此刻生活的活动。一种力量又迫着我来把握住这个活动，而设法表现它，这不易抑制的冲动，或即所谓艺术冲动也未可知！只记得冷静的杜工部散散步，看看花，也不免会有"江上被花恼不彻，无处告诉只癫狂"的情绪上一片紊乱！玲珑煦暖的阳光照人面前，那美的感人力量就不减于花，不容我生硬地自己把情绪分划为有闲与实际的两种，而权其轻重，然后再决定取舍的。我也只有情绪上的一片紊乱。

情绪的旅行本偶然的事，今天一开头并为着这片春初晌午的阳光，现在也还是为着它。房间内有两种豪侈的光常叫我的心绪紧张如同花开，趁着感觉的微风，深浅零乱于冷智的枝叶中间。一种是烛光，高高的台座，长垂的烛泪，熊熊红焰当帘幕四下时各处光影掩映。那种闪烁明艳，雅有古意，明明是画中景象，却含有更多诗的成分。另一种便是这初春晌午的阳光，到时候有意无意的大片子洒落满室，那些窗棂栏板几案笔砚浴在光霭中，一时全成了静物图案；再有红蕊细枝点缀几处，室内更是轻香浮溢，叫人俯仰全触到一种灵性。

这种说法怕有点会发生误会，我并不说这片阳光射入室内，需要笔砚花香那些儒雅的托衬才能动人，我的意思倒是：室内顶

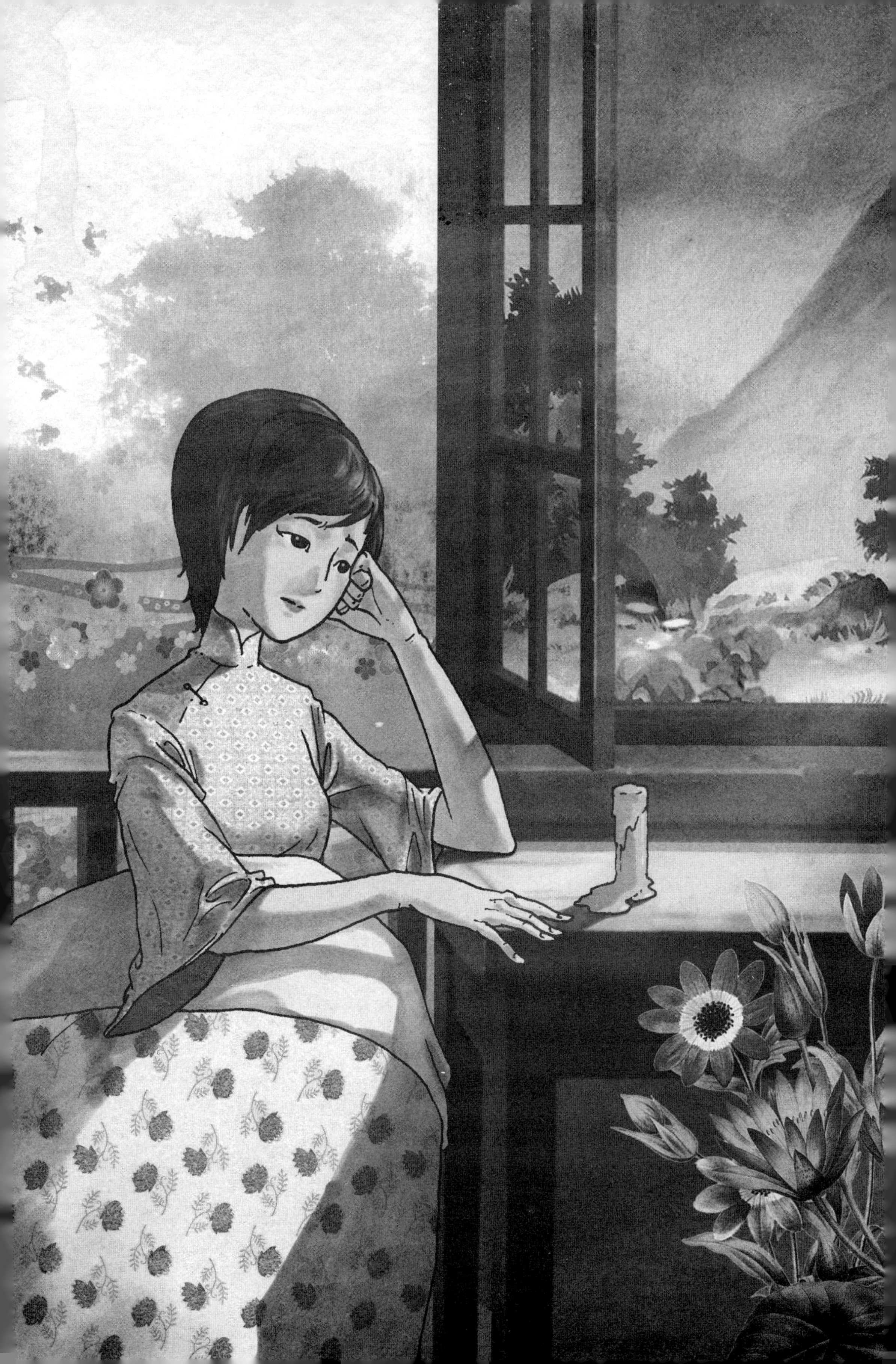

另一种便是这初春晌午的阳光，到时候有意无意的大片子洒落满室，那些窗棂栏板几案笔砚浴在光霭中，一时全成了静物图案；再有红蕊细枝点缀几处，室内更是轻香浮溢，叫人俯仰全触到一种灵性。

林徽因

寻常的一些供设，只要一片阳光这样又幽娴又洒脱地落在上面，一切都会带上另一种动人的气息。

　　这里要说到我最初认识的一片阳光。那年我六岁，记得是刚刚出了水珠以后——水珠即寻常水痘，不过我家乡的话叫它作水珠。当时我很喜欢那美丽的名字，忘却它是一种病，因而也觉到一种神秘的骄傲。只要人过我窗口问问出"水珠"吗？我就感到一种荣耀。那个感觉至今还印在脑子里。也为这个缘故，我还记得病中奢侈的愉悦心境。虽然同其他多次的害病一样，那次我仍然是孤独的被囚禁在一间房屋里休养的。那是我们老宅子里最后的一进房子；白粉墙围着小小院子，北面一排三间，当中夹着一个开敞的厅堂。我病在东头娘的卧室里。西头是婶婶的住房。娘同婶永远要在祖母的前院里行使她们女人们的职务的，于是我常是这三间房屋唯一留守的主人。

　　在那三间屋子里病着，那经验是难堪的。时间过得特别慢，尤其是在日中毫无睡意的时候。起初，我仅集注我的听觉在各种似脚步，又不似脚步的上面。猜想着，等候着，希望着人来。间或听听隔墙各种琐碎的声音，由墙基底下传达出来又消敛了去。过一会儿，我就不耐烦了——不记得是怎样的，我就蹑着鞋，捱着木床走到房门边。房门向着厅堂斜斜地开着一扇，我便扶着门框好奇地向外探望。

　　那时大概刚是午后两点钟光景，一张刚开过饭的八仙桌，异

一首桃花

常寂寞地立在当中。桌下一片由厅口处射进来的阳光，泄泄融融地倒在那里。一个绝对悄寂的周围伴着这一片无声的金色的晶莹，不知为什么，忽使我六岁孩子的心里起了一次极不平常的振荡。

那里并没有几案花香，美术的布置，只是一张极寻常的八仙桌。如果我的记忆没有错，那上面在不多时间以前，是刚陈列过咸鱼、酱菜一类极寻常俭朴的午餐的。小孩子的心却呆了。或许两只眼睛倒张大一点，四处地望，似乎在寻觅一个问题的答案。为什么那片阳光美得那样动人？我记得我爬到房内窗前的桌子上坐着，有意无意地望望窗外，院里粉墙疏影同室内那片金色和煦绝然不同趣味。顺便我翻开手边娘梳妆用的旧式镜箱，又上下摇动那小排状抽屉，同那刻成花篮形小铜坠子，不时听雀跃过枝清脆的鸟语。心里却仍为那片阳光隐着一片模糊的疑问。

时间经过二十多年，直到今天，又是这样一泄阳光，一片不可捉摸，不可思议流动的而又恬静的瑰宝，我才明白我那问题是永远没有答案的。事实上仅是如此：一张孤独的桌，一角寂寞的厅堂。一只灵巧的镜箱，或窗外断续的鸟语，和水珠——那美丽小孩子的病名——便凑巧永远同初春静沉的阳光整整复斜斜地成了我回忆中极自然的联想。

小说

现代名家美文
经典文库

现代名家美文

经典 文库

迷离中阿淑开始幻想那外面吵闹的原因：洋车夫打电车吧，汽车轧伤了人吧，学生又请愿，当局派军警弹压吧……但是阿淑想怎么我还如是焦急，现在我该像死人一样，生活的波澜该沾不上我了，像已经临刑的人。

九十九度中

这篇小说写于1934年，作者主要通过对在华氏九十九度的高温天里，不同生活场景中各色人等人物活动的描写，来反映当时北平的社会现实：权钱阶层的傲慢和冷酷，底层人群的挣扎与无望。

机关人员卢二爷闲得无聊，精力用在打发时间上；张宅的大爷财大气粗，大热天为母亲办寿宴，附会巴结者甚众，连局长夫人都来捧场，名伶还自动来送戏……而另一类人呢，冒着酷暑为张宅运送食物的挑夫，在烈日下拉着洋车奔跑的车夫，被包办婚姻逼着出嫁的阿淑，还有那个饿着肚子等候呼唤的小丫头寿儿……他们没有地位，缺乏生活保障，为了生存只能在酷暑中煎熬。其实，在这样的社会形态中，不管酷暑严寒，他们都难以摆脱挣扎的命运。

一首桃花

三个人肩上各挑着黄色，有"美丰楼"字号的大圆篓，用着六个满是泥泞凝结的布鞋，走完一条被太阳晒得滚烫的马路之后，转弯进了一个胡同里去。

"劳驾，借光——三十四号甲在哪一头？"在酸梅汤的摊子前面，让过一辆正在飞奔的家车——钢丝轮子亮得晃眼的——又向蹲在墙角影子底下的老头儿，问清了张宅方向后，这三个流汗的挑夫便又努力地往前走。那六只泥泞布履的脚，无条件地，继续着他们机械式的展动。

在那轻快的一瞥中，坐在洋车上的卢二爷看到黄篓上饭庄的字号，完全明白里面装的是丰盛的筵席，自然地，他估计到他自己午饭的问题。家里饭乏味，菜蔬缺乏个性，太太的脸难看，你简直就不能对她提到那厨子问题。这几天天太热，太热，并且今天已经二十二，什么事她都能够牵扯到薪水问题上，孩子们再一吵，谁能够在家里吃中饭！

"美丰楼饭庄"黄篓上黑字写得很笨大，方才第三个挑夫挑得特别吃劲，摇摇摆摆地使那黄篓左右的晃……

美丰楼的菜不能算坏，义永居的汤面实在也不错……于是义永居的汤面？还是市场万花斋的点心？东城或西城？找谁同去聊天？逸九新从南边来的住在哪里？或许老孟知道，何不到和记理发馆借个电话？卢二爷估计着，犹豫着，随着洋车的起落。他又好像已经决定了在和记借电话,听到伙计们的招呼:"……二爷您好早?……用电话,这边您哪!……"

伸出手臂,他睨一眼金表上所指示的时间,细小的两针分停在两个钟点上,但是分明的都在挣扎着到达十二点上边。在这时间中,车夫感觉到主人在车上翻动不安,便更抓稳了车把,弯下一点背,勇猛地狂跑。二爷心里仍然疑问着面或点心;东城或西城;车已赶过前面的几辆。一个女人骑着自行车,由他左侧冲过去,快镜似的一瞥鲜艳的颜色,脚与腿,腰与背,侧脸、眼和头发,全映进老卢的眼里,那又是谁说过的……老卢就是爱看女人!女人谁又不爱?难道你在街上真闭上眼不瞧那过路的漂亮的!

"到市场,快点。"老卢吩咐他车夫奔驰的终点,于是主人和车夫戴着两顶价格极不相同的草帽,便同在一个太阳底下,向东安市场奔去。

很多好看的碟子和鲜果点心,全都在大厨房院里,从黄色层箩中检点出来。立着监视的有饭庄的"二掌柜"和张宅的"大师傅";两人都因为胖的缘故,手里都有把大蒲扇。大师傅举着扇扑一下进来凑热闹的大黄狗。

"这东西最讨嫌不过!"这句话大师傅一半拿来骂狗,一半也是来权作和掌柜的寒暄。

一首桃花

"可不是？他×的，这东西最可恶。"二掌柜好脾气地用粗话也骂起狗。

狗无聊地转过头到垃圾堆边闻嗅隔夜的肉骨。

奶妈抱着孙少爷进来，七少奶每月用六元现洋雇她，抱孙少爷到厨房，门房，大门口，街上一些地方喂奶连游玩的。今天的厨房又是这样的不同；饭庄的"头把刀"带着几个伙计在灶边手忙脚乱地炒菜切肉丝，奶妈觉得孙少爷是更不能不来看：果然看到了生人，看到狗，看到厨房桌上全是好看的干果，鲜果，糕饼，点心，孙少爷格外高兴，在奶妈怀里跳，手指着要吃。奶妈随手赶开了几只苍蝇，拣一块山楂糕放到孩子口里，一面和伙计们打招呼。

忽然看到陈升走到院子里找赵奶奶，奶妈对他挤了挤眼，含笑地问："什么事值得这么忙？"同时她打开衣襟露出前胸喂孩子奶吃。

"外边挑担子的要酒钱。"陈升没有平时的温和，或许是太忙了的缘故。老太太这次做寿，比上个月四少奶小孙少爷的满月酒的确忙多了。

此刻那三个粗蠢的挑夫蹲在外院槐树荫下，用黧黑的毛巾擦他们的脑袋，等候着他们这满身淋汗的代价。一个探首到里院偷偷看院内华丽的景象。

里院和厨房所呈的纷乱固然完全不同，但是它们纷乱的主要原因则是同样的，为着六十九年前的今天。六十九年前的今天，江南一个富家里又添了一个绸缎金银裹托着的小生命。经过六十九个像今年这样流汗天气的夏天，又产生过另十一个同样需要绸缎金银的生命以后，那个生命乃被称为长寿而又有福气的妇人。这个妇人，今早由两个老妈扶着，坐在床前，拢一下斑白稀疏的鬓发，对着半碗火腿稀饭摇头：

"赵妈，我哪里吃得下这许多？你把锅里的拿去给七少奶的云乖乖吃罢……"

七十年的穿插，已经卷在历史的章页里，在今天的院里能呈露出多少，谁也不敢说。事实是今天，将有很多打扮得极体面的男女来庆祝，庆祝能够维持这样长久寿命的女人，并且为这一庆祝，饭庄里已将许多生物的寿命裁削了，拿它们的肌肉来补充这庆祝者的肠胃。

前两天这院子就为了这事改变了模样，簇新的喜棚支出瓦檐丈余尺高。两旁红喜字玻璃方窗，由胡同的东头，和顺车厂的院里是可以看得很清楚的。前晚上六点左右，小三和环子，两个洋车夫的儿子，倒土筐的时候看到了，就告诉他们孃："张家喜棚都搭好了，是哪一个孙少爷娶新娘子？"他们孃为这事，还拿了鞋样到陈大嫂家说个话儿。正看到她在包饺子，笑嘻嘻地得意得很，说老太

一首桃花

太太做整寿——多好福气——她当家的跟了张老太爷多少年。昨天张家三少奶还叫她进去，说到日子要她去帮个忙儿。

喜棚底下圆桌面就有七八张，方凳更是成叠地堆在一边；几个夫役持着鸡毛帚，忙了半早上才排好五桌。小孩子又多，什么孙少爷，侄孙少爷，姑太太们带来的那几位都够淘气的。李贵这边排好几张，那边小爷们又扯走了排火车玩。天热得厉害，苍蝇是免不了多，点心干果都不敢先往桌子上摆。冰化得也快，篓子底下冰水化了满地！汽水瓶子挤满了厢房的廊上，五少奶看见了只嚷不行，全要冰起来。

全要冰起来！真是的，今天的食品全摆起来够像个菜市，四个冰箱也腾不出一点空隙。这新买来的冰又放在哪里好？李贵手里捧着两个绿瓦盆，私下里咕噜着为这筵席所发生的难题。

赵妈走到外院传话，听到陈升很不高兴地在问三个挑夫要多少酒钱。

"瞅着给罢。"一个说。

"怪热天多赏点吧。"又一个抿了抿干燥的口唇，想到方才胡同口的酸梅汤摊子，嘴里觉着渴。

就是这嘴里渴得难受，杨三把卢二爷拉到东安市场西门口，心想方才在那个"喜什么堂"门首，明明看到王康坐在洋车脚蹬上睡午觉。王康上月底欠了杨三十四吊钱，到现在仍不肯还；只顾着躲他。今天债主遇到赊债的赌鬼，心头起了各种的计算——杨三到饿的时候，脾气常常要比平时坏一点。天本来就太热，太阳简直是冒火，谁又受得了！方才二爷坐在车上，尽管用劲踩铃，金鱼胡同走道的学生们又多，你撞我闯的，挤得真可以的。杨三擦了汗一手抓住车把，拉了空车转回头去找王康要账。

"要不着八吊要六吊，再要不着，要他×的几个混蛋嘴巴！"杨三脖干儿上太阳烫得像火烧。"四吊多钱我买点羊肉，吃一顿好的。葱花烙饼也不坏——谁又说大热天不能喝酒？喝点又怕什么——睡得更香。卢二爷到市场吃饭，进去少不了好几个钟头……"

喜燕堂门口挂着彩，几个乐队里人穿着红色制服，坐在门口喝茶——他们把大铜鼓撂在一旁，铜喇叭夹在两膝中间。杨三知道这又是哪一家办喜事。反正一礼拜短不了有两天好日子，就在这喜燕堂，哪一个礼拜没有一辆花马车，里面搀出花溜溜的新娘？今天的花车还停在一旁……

"王康，可不是他！"杨三看到王康在小挑子的担里买香瓜吃。

"有钱的娶媳妇，和咱们没有钱的娶媳妇，还不是一样？花多少钱娶了她，她也短不了要这个那个的——这年头！好媳妇，

一首桃花

好！你瞧怎么着？更惹不起！管你要钱，气你喝酒！再有了孩子，又得顾他们吃，顾他们穿……"

王康说话就是要"逗个乐儿"，人家不敢说的话他敢说。一群车夫听到他的话，各个高兴地凑点尾声。李荣手里捧着大饼，用着他最现成的粗话引着那几个年轻的笑。李荣从前是拉过家车的——可惜东家回南，把事情就搁下来了——他认得字，会看报，他会用新名词来发议论："文明结婚可不同了，这年头是最讲'自由''平等'的了。"底下再引用了小报上捡来离婚的新闻打哈哈。

杨三没有娶过媳妇，他想娶，可是"老家儿"早过去了没有给他定下亲，外面瞎姘的他没敢要。前两天，棚铺的掌柜娘要同他做媒；提起一个姑娘说是什么都不错，这几天不知道怎么又没有讯儿了。今天洋车夫们说笑的话，杨三听了感着不痛快。看看王康的脸在太阳里笑得皱成一团，更使他气起来。

王康仍然笑着说话，没有看到杨三，手里咬剩的半个香瓜里面，黄黄的一把瓜子像不整齐的牙齿向着上面。

"老康！这些日子都到哪里去了？我这儿还等着钱吃饭呢！"杨三乘着一股劲发作。

听到声，王康怔了向后看，"呵，这打哪儿说的呢？"他开始赖账了，"你要吃饭，你打你×的自己腰包里掏！要不然，你出个份子，进去那里边，"他手指着喜燕堂，"吃个现成的席去。"

王康的嘴说得滑了，禁不住这样嘲笑着杨三。

周围的人也都跟着笑起来。

本来准备着对付赖账的巴掌，立刻打到王康的老脸上了。必须地扭打，由蓝布幕的小摊边开始，一直扩张到停洋车的地方。来往汽车的喇叭，像被打的狗，呜呜叫号。好几辆正在街心奔驰的洋车都停住了，流汗车夫连喊着"靠里！""瞧车！"脾气暴的人顺口就是："他×的，这大热天，单挑这么个地方！"

巡警离开了岗位；小孩子们围上来；喝茶的军乐队人员全站起来看；女人们吓得只喊，"了不得，前面出事了罢！"

杨三提高嗓子只嚷着问王康："十四吊钱，是你——是你拿走了不是？——"

呼喊的声浪由扭打的两人出发，膨胀，膨胀到周围各种人的口里："你听我说……"

"把他们拉开……"

"这样挡着路……瞧腿要紧。"

嘈杂声中还有人叉着手远远地喊，"打得好呀，好拳头！"

喜燕堂正厅里挂着金喜字红幢，几对喜联，新娘正在服从号令，连连地深深地鞠躬。外边的喧吵使周围客人的头同时向外面转，似乎打听外面喧吵的缘故。新娘本来就是一阵阵地心跳，此刻更加失掉了均衡；一下子撞上，一下子沉下，手里抱着的鲜花随着只是打战。雷响深入她耳朵里，心房里……

"新郎新妇——三鞠躬"——"……三鞠躬"。阿淑在迷惘里弯腰伸直，伸直弯腰。昨晚上她哭，她妈也哭，将一串经验上得来的教训，拿出来赠给她——什么对老人要忍耐点，对小的要和气，什么事都要让着点——好像生活就是靠容忍和让步支持着！

她焦心的不是在公婆妯娌间的委曲求全。这几年对婚姻问题谁都讨论得热闹，她就不懂那些讨论的道理遇到实际时怎么就不发生关系。她这结婚的实际，并没有因为她多留心报纸上，新文学上，所讨论的婚姻问题，家庭问题，恋爱问题，而减少了问题。

"二十五岁了……"有人问到阿淑的岁数时，她妈总是发愁似的轻轻地回答那问她的人，底下说不清是叹息是啰唆。

在这旧式家庭里，阿淑算是已经超出应该结婚的年龄很多了。她知道。父母那急着要她出嫁的神情使她太难堪！他们天天在替她选择合适的人家——其实哪里是选择！反对她尽管反对，那只是消极的无奈何的抵抗，她自己明知道是绝对没有机会选择，乃至于接触比较合适，理想的人物！她挣扎了三年，三年的时间不算短，在她父亲看去那更是不可信的长久……

"余家又托人来提了，你和阿淑商量商量吧，我这身体眼见得更糟，这潮湿天……"父亲的话常常说得很响，故意要她听得见，有时在饭桌上脾气或许更坏一点。"这六十块钱，养活这一大家子！养儿养女都不够，还要捐什么钱？干脆饿死！"有时更直接更难堪："这又是谁的新褂子？阿淑，你别学时髦穿了到处走，那是找不着婆婆家的——外面瞎认识什么朋友我可不答应，我们不是那种人家！"……懦弱的母亲低着头装作缝衣："妈劝你将就点……爹身体近来不好……女儿不能在娘家一辈子的……这家子不算坏；差事不错，前妻没有孩子不能算填房……"

理论和实际似乎永不发生关系；理论说婚姻得怎样又怎样，今天阿淑都记不得那许多了。实际呢，只要她点一次头，让一个陌生的，异姓的，异性的人坐在她家里，乃至于她旁边，吃一顿饭的手续，父亲和母亲这两三年——竟许已是五六年——来的难题便突然地，在他们是觉得极文明地解决了。

对于阿淑这订婚的疑惧，常使她父亲像小孩子似的自己安慰自己：阿淑这门亲事真是运气呀，说时总希望阿淑听见这话。不知怎样，阿淑听到这话总很可怜父亲，想装出高兴样子来安慰他。母亲更可怜；自从阿淑订婚以来总似乎对她抱歉，常常哑着嗓子说："看我做母亲的这份心上面。"

看做母亲的那份心上面！那天她初次见到那陌生的，异姓的，异性的人，那个庸俗的典型触碎她那一点脆弱的爱美的希望，她怔住了，能去寻死，为婚姻失望而自杀吗？可以大胆告诉父亲，这婚约是不可能的吗？能逃脱这家庭的苛刑（在爱的招牌下的）去冒险，去漂落吗？

她没有勇气说什么，她哭了一会儿，妈也流了眼泪，后来妈说：阿淑你这几天瘦了，别哭了，做娘的也只是一份心……现在一鞠躬，一鞠躬地和幸福作别，事情已经太晚得没有办法了。

吵闹的声浪愈加明显了一阵，伴娘为新娘戴上戒指，又由赞礼的喊了一些命令。

迷离中阿淑开始幻想那外面吵闹的原因：洋车夫打电车吧，汽车轧伤了人吧，学生又请愿，当局派军警弹压吧……但是阿淑想怎么我还如是焦急，现在我该像死人一样了，生活的波澜该沾不上我了，像已经临刑的人。但临刑也好，被迫结婚也好，在电影里到了这种无可奈何的时候总有一个意料不到快慰人心的解脱，不合法，特赦，恋人骑着马星夜奔波地赶到……但谁是她的恋人？除却九哥！学政治法律，讲究新思想的九哥，得着他表妹阿淑结婚的消息不知怎样？他恨由父母把持的婚姻……但谁知道他关心吗？他们多少年不来往了，虽然在山东住的时候，他们曾经邻居，两小无猜地整天在一起玩。幻想是不中用的，九哥先就不在北平，两年前他回来过一次，她记得自己遇到九哥扶着一位漂亮的女同学在书店前边，她躲过了九哥的视线，惭愧自己一身不入时的装束，她不愿和九哥的女友做个太难堪的比较。

感到手酸，心酸，浑身打战，阿淑由一堆人拥簇着退到里面房间休息。女客们在新娘前后彼此寒暄招呼，彼此注意大家的装扮。有几个很不客气在批评新娘子，显然认为不满意。"新娘太单薄点。"一个摺着十几层下颏的胖女人，摇着扇和旁边的六姨说话。阿淑觉到她自己真可以立刻碰得粉碎；这位胖太太像一座石臼，六姨则像一根铁杵横在前面，阿淑两手发抖拉紧了一块丝巾，听老妈在她头上不住地搬弄那几朵绒花。

随着花露水香味进屋子来的，是锡娇和丽丽，六姨的两个女儿，她们的装扮已经招了许多羡慕的眼光。有电影明星细眉的锡娇抓把瓜子嗑着，猩红的嘴唇里露出雪白的牙齿。她暗中扯了她妹妹的衣襟，嘴向一个客人的侧面努了一下。丽丽立刻笑红了脸，拿出一条丝绸手绢蒙住嘴挤出人堆到廊上走。望着已经在席上的男客们。有几个已经提起筷子高高兴兴地在选择肥美的鸡肉，一面讲着笑话，顿时都为着丽丽的笑声，转过脸来，镇住眼看她。丽丽扭一下腰，又摆了一下，软的长衫轻轻展开，露出裹着肉色丝袜的长腿走过另一边去。

年轻的茶房穿着蓝布大褂，肩搭一块桌布，由厨房里出来，两只手拿四碟冷荤，几乎撞住丽丽。闻到花露香味，茶房忘却顾忌地斜过眼看。昨晚他上菜的时候，那唱戏的云娟坐在首席曾对着他笑，两只水钻耳坠，打秋千似的左右晃。他最忘不了云娟旁座的张四爷，抓住她如玉的手臂劝干杯的情形。笑眯眯的带醉的

一首桃花

眼，云娟明明是向着正端着大碗三鲜汤的他笑。他记得放平了大碗，心还怦怦地跳。直到晚上他睡不着，躺在院里板凳上乘凉，随口唱几声"孤王……酒醉……"才算松动了些。今天又是这么一个笑嘻嘻的小姐，穿着这一身软，茶房垂下头去拿酒壶，心底似乎恨谁似的一股气。

"逸九你喝一杯什么？"老卢做东这样问。

"我来一杯香桃冰激凌吧。"

"你去拣几块好点心，老孟。"主人又招呼那一个客。午饭问题算是如此解决了。为着天热，又为着起得太晚，老卢看到点心铺前面挂的"卫生冰激凌，咖啡，牛乳，各样点心"这种动人的招牌，便决意里面去消磨时光。约到逸九和老孟来聊天，老卢显然很满意了。

三个人之中，逸九最年少，最摩登。在中学时代就是一口英文，屋子里挂着不是"梨娜"就是"琴妮"的相片，从电影杂志里细心剪下来的，圆一张，方一张，满壁动人的娇憨——他到上海去了两年，跳舞更是出色了，老卢端详着自己的脚，打算找逸九带他到舞场拜老师去。

"哪个电影好，今天下午？"老孟抓一张报纸看。

邻座上两个情人模样男女，对面坐着呆看。男人有很温和的脸,抽着烟没有说话;女人的侧相则颇有动人的轮廓,睫毛长长地活动着,脸上时时浮微笑。她的青纱长衫罩着丰润的肩臂,带着神秘性的淡雅。两人无声地吃着冰激凌,似乎对于一切完全的满足。

老卢、老孟谈着时局,老卢既是机关人员,时常免不了说"我又有个特别的消息,这样看来里面还有原因",于是一层一层地做更详细原因地检讨,深深地浸入政治波澜里面。

逸九看着女人的睫毛和浮起的笑涡,想到好几年前同在假山后捉迷藏的琼两条发辫,一个垂前,一个垂后地跳跃。琼已经死了这六七年,谁也没有再提起过她。今天这青长衫的女人,单单叫他心底涌起琼的影子。不可思议的,淡淡的,记忆描着活泼的琼。在极旧式的家庭里淘气,二舅舅提根旱烟管,厉声地出来停止她各种的嬉戏。但是琼只是敛住声音低低地笑。雨下大了,院中满是水,又是琼胆子大,把裤腿卷过膝盖,赤着脚,到水里装摸鱼。不小心她滑倒了,还是逸九去把她抱回来。和琼差不多大小的还有阿淑,住在对门,他们时常在一起玩,逸九忽然记起瘦小,不爱说话的阿淑来。

"听说阿淑快要结婚了,嬷嘱咐到表姨家问候,不知道阿淑要嫁给谁!"他似乎怕到表姨家。这几年的生疏叫他为难,前年他们遇见一次,装束不入时的阿淑倒有种特有的美,一种灵

一首桃花

性……奇怪今天这青长衫女人为什么叫他想起这许多……

"逸九,你有相当的聪明、手腕,你又能巴结女人,你也应该来试试,我介绍你见老王。"

倦了的逸九忽然感到苦闷。

老卢手弹着桌边表示不高兴:"老孟你少说话,逸九这位大少爷说不定他倒愿意去演电影呢!"种种都有一点落伍的老卢嘲笑着翩翩年少的朋友出气。

青纱长衫的女人和她朋友吃完了,站了起来。男的手托着女人的臂腕,无声地绕过他们三人的茶桌前面,走出门去。老卢逸九注意到女人有秀美的腿,稳健的步履。两人的融洽,在不言不语中流露出来。

"他们是甜心!"

"愿有情人都成眷属。"

"这女人算好看不?"

三个人同时说出口来,各各有所感触。

午后的热,由窗口外嘘进来,三个朋友吃下许多清凉的东西,更不知做什么好。

"电影院去,咱们去研究一回什么'人生问题''社会问题'吧?"逸九望着桌上的空杯,催促着卢、孟两个走。心里仍然浮着琼的影子。活泼、美丽、健硕,全幻灭在死的幕后,时间一样的向前，计量着死的实在。像今天这样，偶尔地回忆就算是证实琼有过活泼生命的唯一的证据。

东安市场门口洋车像放大的蚂蚁一串，头尾衔接着放在街沿。杨三已不在他寻常停车的地方。

"区里去，好，区里去！咱们到区里说个理去！"就是这样，王康和杨三到底结束了殴打，被两个巡警弹压下来。

刘太太打着油纸伞，端正地坐在洋车上，想金裁缝太不小心了，今天这件绸衫下摆仍然不合适，领也太小，紧得透不了气，想不到今天这样热，早知道还不如穿纱的去。裁缝赶做的活总要出点毛病。实甫现在脾气更坏一点，老嫌女人们麻烦。每次有个应酬你总要听他说一顿的。今天张老太太做整寿，又不比得寻常的场面可以随便……

对面来了浅蓝色衣服的年轻小姐，极时髦的装束使刘太太睁大了眼注意了。

"刘太太哪里去？"蓝衣小姐笑了笑，远远招呼她一声过去了。

"人家的衣服怎么如此合适！"刘太太不耐烦地举着花纸伞。

"呜呜——呜呜……"汽车的喇叭响得震耳。

"打住。"洋车夫紧抓车把，缩住车身前冲的趋势。汽车过去后，由刘太太车旁走出一个巡警，带着两个粗人：一根白绳由一个的臂膀系到另一个的臂上。巡警执着绳端，板着脸走着。一

一首桃花

个粗人显然是车夫；手里仍然拉着空车，嘴里咕噜着。很讲究的车身，各件白铜都擦得放亮，后面铜牌上还镌着"卢"字。这又是谁家的车夫，闹出事让巡警拉走。刘太太恨恨地一想车夫们爱肇事的可恶，反正他们到区里去少不了东家设法把他们保出来的……

"靠里！……靠里！"威风的刘家车夫是不耐烦挤在别人车后的——老爷是局长，太太此刻出去阔绰地应酬，洋车又是新打的，两盏灯发出银光……哗啦一下，靠手板在另一个车边擦一下，车已猛冲到前头走了。刘太太的花油纸伞在日光中摇摇荡荡地迎着风，顺着街心溜向北去。

胡同口酸梅汤摊边刚走开了三个挑夫。酸凉的一杯水，短时间地给他们愉快，六只泥泞的脚仍然踏着滚烫的马路行去。卖酸梅汤的老头儿手里正数着几十枚铜元，一把小鸡毛帚夹在腋下。他翻上两颗黯淡的眼珠，看看过去的花纸伞，知道这是到张家去的客人。他想今天为着张家做寿，客人多，他们的车夫少不得来摊上喝点凉的解渴。

"两吊……三吊！……"他动着他的手指，把一叠铜元收入摊边美人牌香烟的纸盒中。不知道今天这冰够不够使用的，他翻开几重荷叶，和一块灰黑色的破布，仍然用着他黯淡的眼珠向瓷缸里的冰块端详了一回。"天不热，喝的人少，天热了，冰又化得太快！"事情哪一件不有为难的地方，他叹口气再翻眼看看过去的汽车。汽车轧起一阵尘土，笼罩着老人和他的摊子。

寒暑表中的水银从早起上升，一直过了九十五度的黑线上。喜棚底下比较荫凉的一片地面上曾聚过各种各色的人物。丁大夫也是其间一个。

丁大夫是张老太太内侄孙，德国学医刚回来不久，麻利、漂亮，现在社会上已经有了声望，和他同席的都借着他是医生的缘故，拿北平市卫生问题做谈料，什么鼠疫、伤寒、预防针、微菌，全在吞咽八宝东瓜、瓦块鱼、锅贴鸡、炒虾仁中间讨论过。

"贵医院有预防针，是好极了。我们过几天要来麻烦请教了。"说话的以为如果微菌听到他有打预防针的决心也皆气馁了。

"欢迎，欢迎。"

厨房送上一碗凉菜。丁大夫踌躇之后决意放弃吃这碗菜的权利。

小孩们都抢了盘子边上放的小冰块，含到嘴里嚼着玩，其他客喜欢这凉菜的也就不少。天实在热！

张家几位少奶奶装扮得非常得体，头上都戴朵红花，表示对旧礼教习尚仍然相当遵守的。在院子中盘旋着做主人，各人心里都明白自己今天的体面。好几个星期前就顾虑到的今天，她们所

一首桃花

理想到的今天各种成功,已然顺序的,在眼前实现。虽然为着这重要的今天,各人都轮流着觉得受过委屈;生过气;用过心思和手腕;将就过许多不如意的细节。

老太太颤巍巍地喘息着,继续维持着她的寿命。杂乱模糊的回忆在脑子里浮沉。兰兰七岁的那年……送阿旭到上海医病的那年真热……生四宝的时候在湖南,于是生育、病痛、兵乱、行旅、婚娶,没秩序、没规则地纷纷在她记忆下掀动。

"我给老太太拜寿,您给回一声吧。"

这又是谁的声音?这样大!老太太睁开打瞌睡的眼,看一个浓装的妇人对她鞠躬问好。刘太太——谁又是刘太太,真是的!今天客人太多了,好吃劲。老太太扶着赵妈站起来还礼。

"别客气了,外边坐吧。"二少奶伴着客人出去。

谁又是这刘太太……谁?……老太太模模糊糊地又做了一些猜想,望着门槛又堕入各种的回忆里去。

坐在门槛上的小丫头寿儿,看着院里石榴花出神。她巴不得酒席可以快点开完,底下人们可以吃中饭,她肚子里实在饿得慌。一早眼睛所接触的,大部分几乎全是可口的食品,但是她仍然是饿着肚子,坐在老太太门槛上等候呼唤。她极想再到前院去看看热闹,但为想到上次被打的情形,只得竭力忍耐。在饥饿中,有一桩事她仍然没有忘掉她的高兴。因为老太太的整寿大少奶给她一副银镯。虽然为着捶背而酸乏的手臂懒得转动，她仍不时得意地举起手来，晃摇着她的新镯子。

午后的太阳斜到东廊上，后院子暂时沉睡在静寂中。幼兰在书房里和羽哭着闹脾气：

"你们都欺侮我，上次赛球我就没有去看。为什么要去？反正人家也不欢迎我……慧石不肯说，可是我知道你和阿玲在一起玩得上劲。"抽噎的声音微微地由廊上传来。

"等会客人进来了不好看……别哭……你听我说……绝对没有这么回事的。咱们是亲表谁不知道我们亲热，你是我的兰，永远，永远的是我的最爱最爱的……你信我……"

"你在哄骗我，我……我永远不会再信你的了……"

"你又来伤我，你心狠……"

声音微下去，也和缓了许多，又过了一些时候。才有轻轻的笑语声。小丫头仍然饿得慌，仍然坐在门槛上没有敢动，她听着小外孙小姐和羽孙少爷老是吵嘴，哭哭啼啼的，她不懂。一会儿他们又笑着一块儿由书房里出来。

"我到婆婆的里间洗个脸去。寿儿你给我打盆洗脸水去。"

寿儿得着打水的命令，高兴地站起来。什么事也比坐着等老太太睡醒都好一点。

"别忘了晚饭等我一桌吃。"羽说完大步地跑出去。

一首桃花

　　后院顿时又堕入闷热的静寂里；柳条的影子画上粉墙，太阳的红比得胭脂。墙外天蓝蓝的没有一片云，像戏台上的布景。隐隐地送来小贩子叫卖的声音——卖西瓜的——卖凉席的，一阵一阵。

　　挑夫提起力气喊他孩子找他媳妇。天快要黑下来，媳妇还坐在门口纳鞋底子；赶着那一点天亮再做完一只。一个月她当家的要穿两双鞋子，有时还不够的，方才当家的回家来说不舒服，睡倒在炕上，这半天也没有醒。她放下鞋底又走到旁边一家小铺里买点生姜，说几句话儿。

　　断续着呻吟，挑夫开始感到苦痛，不该喝那冰凉东西，早知道这大暑天，还不如喝口热茶！迷惘中他看到茶碗、茶缸、施茶的人家、碗、碟、果子杂乱地绕着大圆篓，他又像看到张家的厨房。不到一刻他肚子里像纠麻绳一般痛，发狂地呕吐使他沉入严重的症候里和死搏斗。

　　挑夫媳妇失了主意，喊孩子出去到药铺求点药。那边时常夏天是施暑药的……

　　邻居积渐知道挑夫家里出了事，看过报纸的说许是霍乱，要扎针的。张秃子认得大街东头的西医丁家，他披上小褂子，一边扣钮子，一边跑。丁大夫的门牌挂高高的，新漆大门两扇紧闭着。张秃子找着电铃死命地按，又在门缝里张望了好一会儿，才有人出来开门。什么事？什么事？门房望着张秃子生气，张秃子看着丁宅的门房说，"劳驾——劳驾您大爷，我们'街坊'李挑子中了暑，托我来行点药。"

"丁大夫和管药房先生'出份子去了'没有在家，这里也没有旁人，这事谁又懂得？！"门房吞吞吐吐地说，"还是到对门益年堂打听吧。"大门已经差不多关上。

张秃子又跑了，跑到益年堂，听说一个孩子拿了暑药已经走了。张秃子是信教的，他相信外国医院的药，他又跑到那边医院里打听，等了半天，说那里不是施医院，并且也不收传染病的，医生晚上也都回家了，助手没有得上边话不能随便走开的。

"最好快报告区里，找卫生局里人。"管事的告诉他，但是卫生局又在哪里……

到张秃子失望地走回自己院子里的时候，天已经黑了下来，他听见李大嫂的哭声知道事情不行了。院里瓷罐子里还放出浓馥的药味。他顿一下脚，"咱们这命苦的……"他已在想如何去捐募点钱，收殓他朋友的尸体。叫孝子挨家去磕头吧！

天黑了下来，张宅跨院里更热闹，水月灯底下围着许多孩子，看变戏法的由袍子里捧出一大缸金鱼，一盘子"王母蟠桃"献到老太太面前。孩子们都凑上去验看金鱼的真假。老太太高兴地笑。

大爷熟识捧场过的名伶自动地要送戏，正院前边搭着戏台，

一首桃花

　　当差的忙着拦阻外面杂人往里挤,大爷由上海回来,两年中还是第一次——这次碍着母亲整寿的面,不回来太难为情。这几天行市不稳定,工人们听说很活动,本来就不放心走开,并且厂里的老赵靠不住,大爷最记挂⋯⋯

　　看到院里戏台上正开场,又看廊上的灯,听听厢房各处传来的牌声、风扇声、开汽水声,大爷知道一切都圆满地进行,明天事完了,他就可以走了。

　　"伯伯上哪儿去?"游廊对面走出一个清秀的女孩。他怔住了看,慧石——是他兄弟的女儿,已经长得这么大了?大爷伤感着,看他早死兄弟的遗腹女儿:她长得实在像她爸爸⋯⋯实在像她爸爸⋯⋯

　　"慧石,是你。长得这样俊,伯伯快认不得了。"

　　慧石只是笑,笑。大伯伯还会说笑话,她觉得太料想不到的事,同时她像被电击一样,触到伯伯眼里蕴住的怜爱,一股心酸抓紧了她的嗓子。

　　她仍只是笑。

　　"哪一年毕业?"大伯伯问她。

　　"明年。"

　　"毕业了到伯伯那里住。"

　　"好极了。"

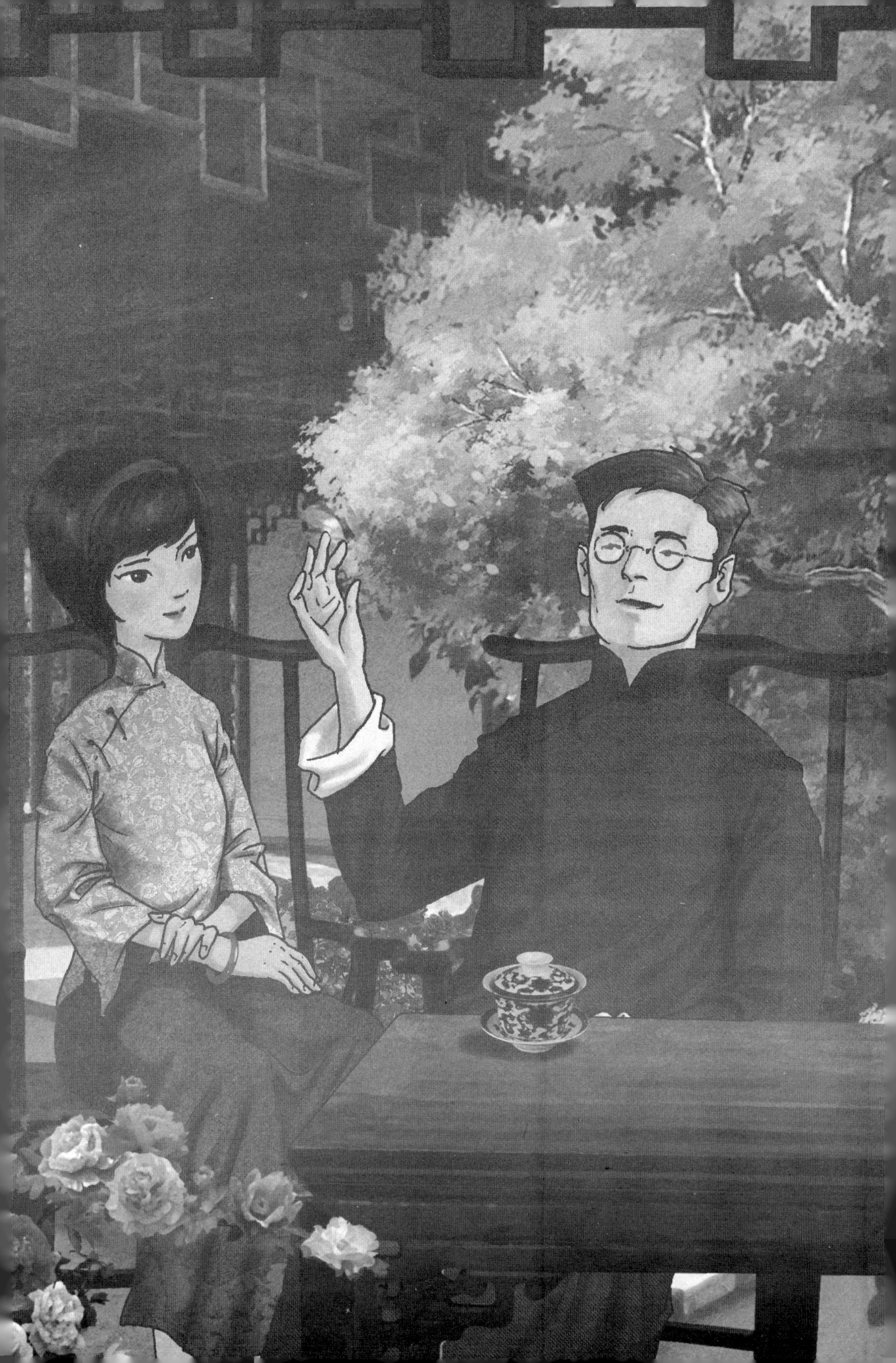

慧石只是笑，笑。大伯伯还会说笑话，她觉得太料想不到的事，同时她像被电击一样，触到伯伯眼里蕴住的怜爱，一股心酸抓紧了她的嗓子。

"喜欢上海不？"

她摇摇头："没有北平好。可是可以找事做，倒不错。"

伯伯走了，容易伤感的慧石急忙回到卧室里，想哭一哭，但眼睛湿了几回，也就不哭了，又在镜子前抹点粉笑了笑；她喜欢伯伯对她那和蔼态度。嬷常常不满伯伯和伯母的，常说些不高兴他们的话，但她自己却总觉得喜欢这伯伯的。

也许是骨肉关系有种不可思议的亲热，也许是因为感激知己的心，慧石知道她更喜欢她这伯伯了。

厢房里电话铃响。

"丁宅呀，找丁大夫说话？等一等。"

丁大夫的手气不坏，刚和了一牌三翻，他得意地站起来接电话：

"知道了，知道了，回头就去叫他派车到张宅来接。什么？要暑药的？发痧中暑？叫他到平济医院去吧。"

"天实在热，今天，中暑的一定不少。"五少奶坐在牌桌上抽烟，等丁大夫打电话回来。"下午两点的时候刚刚九十九度啦！"她睁大了眼表示严重。

"往年没有这么热，九十九度的天气在北平真可以的了。"一个客人摇了摇檀香扇，急着想做庄。

咯突一声，丁大夫将电话挂上。

一首桃花

报馆到这时候积渐热闹，排字工人流着汗在机器房里忙着。编辑坐到公事桌上面批阅新闻。本市新闻由各区里送到；编辑略略将张宅各名伶送戏一节细细看了看，想到方才同太太在市场吃冰激凌后，遇到街上的打架，又看看那段厮打的新闻，于是很自然地写着"西四牌楼三条胡同卢宅车夫杨三……"新闻里将杨三王康的争斗形容得非常动听，一直到了"扭区成讼"。

再看一些零碎，他不禁注意到挑夫霍乱数小时毙命一节，感到白天去吃冰激凌是件不聪明的事。

杨三在热臭的拘留所里发愁，想着主人应该得到他出事的消息了，怎么还没有设法来保他出去。王康则在又一间房子里喂臭虫，苟且地睡觉。

"……哪儿呀，我卢宅呀，请王先生说话……"老卢为着洋车被扣已经打了好几个电话了，在晚饭桌他听着太太的埋怨……那杨三真是太没有样子，准是又喝醉了，三天两回闹事。

"……对啦，找王先生有要紧事，出去饭局了吗，回头请他给卢宅来个电话！别忘了！"

这大热晚上难道闷在家里听太太埋怨？杨三又没有回来，还得出去雇车，老卢不耐烦地躺在床上看报，一手抓起一把蒲扇赶开蚊子。

思考题

1.《除夕看花》这首诗歌里除了写看花，还写了什么？

2.《别丢掉》这首诗歌呼吁我们别丢掉什么呢？

3. 林徽因在《情愿》这首诗歌里抒发了什么样的感情？试着来说说这种感情产生的原因。

4.《你是人间的四月天》描写了哪些代表"四月"这个月份的意象呢？

5.《八月的忧愁》抒发了作者哪些感情呢？又用了什么修辞手法来抒发的？

6.《孤岛》中的"孤岛"有没有寻找同情？你是怎么认为的？

7. 通过阅读《悼志摩》，你能看出林徽因眼中的徐志摩是怎么样的一个人吗？

8.《窗子以外》有哪些东西呢？你能说出一些来吗？

9. 与《悼志摩》相比，《纪念徐志摩去世四周年》更侧重写哪方面？

10. 蛛丝和梅花有什么内在的联系吗？

11.《究竟怎么一回事》是怎么来解释写诗的呢？请你来说一说。

12.《九十九度中》中的卢二爷，他的行踪在文章结构上起什么作用？